1인용 기분

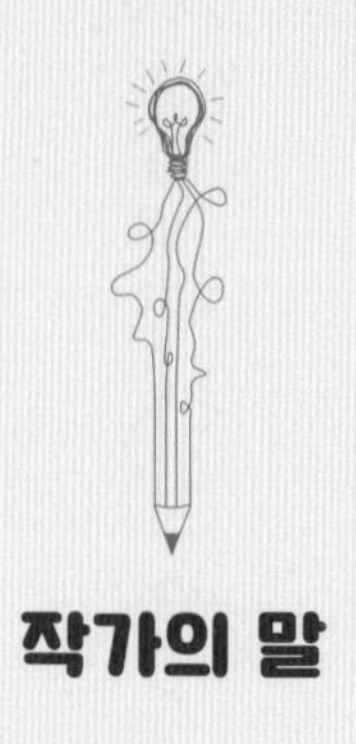

작가의 말

그러니까 나는 몇 인용짜리 사람일까.

내 이름 앞에 인용이 붙는다면 어떤 숫자가 어울릴까.

나는 무엇을 얼마나 나눌 수 있는 사람이려나.

이런 메모를 2017년 봄에 발견했습니다. 언제 쓴 것인지, 왜 그런 생각을 했는지는 기억나지 않았습니다. 잠시 고민하다, 펜을 들어 몇 개의 단어들을 덧붙였습니다.

1인용 기차. 2인용 칫솔. 3인용 서울.

0인용 윤파랑.

그리고 이 메모는 머릿속에서 불어나, 몇 달 뒤에 '1인용 기분'이라는 만화 제목이 되었습니다.

저는 마음을 읽히고 읽는 일에 자주 실패했습니다. 다른 사람이 제 마음을 몰라 줄 때도 있었고 제가 다른 사람의 마음을 잘못 받아들인 때도 있었습니다. 타인과 나누기 어려운, 그리고 가끔은 자기 자신도 이해하기 어려운 1인용 기분들은 저뿐만이 아니라 모두에게 해당하는 말이라고 생각했습니다. 그렇게 오롯이 모두가 혼자라는 느낌으로 만화를 시작했는데, 이야기를 진행할수록 혼자였다면 느낄 수 없던 기분들이라는 의미가 추가되었습니다. 어긋남이 실패가 아닐 수도 있음을 저는 이제 믿습니다.

기분은 감정이라는 단어와 혼용되어 쓰이지만 기분은 보다 오래 지속되는 감정들을 의미한다고 하죠. 부디 이 책이 조금 더 오래 마음에 머무는, 그런 것이 되었으면 합니다.

무거운 이야기들이 많음에도 걸음을 함께해주신 독자분들, 부족한 제게 연재의 기회를 주신 네이버 웹툰, 책을 만드느라 고생해주신 비아북 가족분들과 김경희 디자이너님께 다시 한번 감사를 드립니다.

2018년 가을,

윤파랑

#Contents

#습관

인물의 특성

백일장 가서는 시간 분배 조심하고! 오늘 수업이 마지막인데 뭐 더 물어볼 건 없어?
마지막이니 찐~~한 거 물어봐도 돼요?
안 돼. 좀 더 실용적인 질문을 해야지~

야한 얘기도
나름 실용적인
건데요.
그래도 안 돼.
칫... 그러면
소설에서 인물 성격을
은~근하게 설명하려면
어떻게 하면 돼요?
취향이나 습관 등으로
인물의 특성을 보여주는 게
가장 쉽지 않을까?
그것만큼
성격을 압축한 것도
없으니...

준비성이 강한 성격을
표현하고 싶으면...
밖에 입고 나갈 일주일 치
옷을 미리 정해놓고,
모모 샴푸
물 먹는 모모
마트에 갈 때도
필요한 걸 미리 적어가는
습관이 있는 인물로
설정하는 식?
예시가 이상하지만
이해했어요.
뭐야~
나중에 또
궁금한 거 생기면
언제든 연락해!

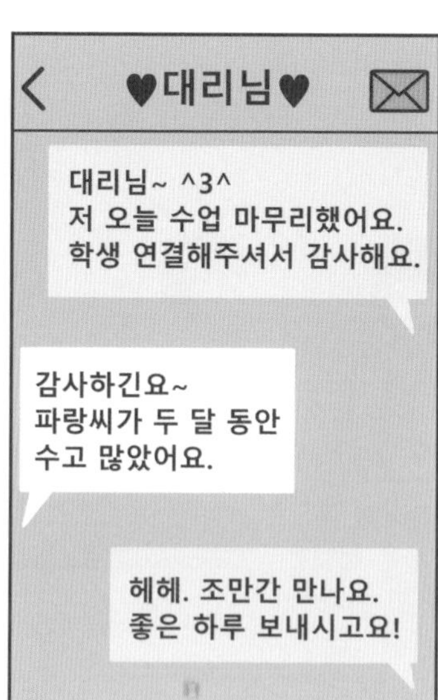
♥대리님♥
대리님~ ^3^
저 오늘 수업 마무리했어요.
학생 연결해주셔서 감사해요.
감사하긴요~
파랑씨가 두 달 동안
수고 많았어요.
헤헤. 조만간 만나요.
좋은 하루 보내시고요!

대리님께는
매번 신세만 지네.
다음에 만나면 내가
식사 사야겠다.
띵동
♥대리님♥
파랑씨도
행복한 하루! :D
대리님 습관
이거구나.
마지막까지 꼭
답장하는 거.
진짜 친절하셔.

다다의 습관

파랑아~
떡볶이 다 됐어!
포크? 젓가락?
뭐로 할래?
난 포크으~

네 습관?
응. 어제 학생이랑
얘기하다가 생각났는데
궁금해져서...
내 습관은 뭐가 있어?
흠... 지금 딱
떠오르진 않는데...
너부터 말해봐.
네가 좋아하는
내 습관은 뭐야?
이거~
다른 사람 얘기
잘 들어주는 거!

내가 그래?
그러면 네가 싫은
내 나쁜 습관은?
자기 얘기는 먼저
잘 안 하는 거?
싫은 건 아닌데...
좀 걱정되어서.
봐~ 지금도
너는 내 말부터
들으려고 하잖아~
아... 듣고 보니 그렇네.
어릴 때 이사를 많이
다녔어서 그런가?
전학 간 학교에서
애들하고 새로 친해지려면
내가 먼저 맞춰줘야 했거든.
역시
이유 없는 습관은
없는 건가.
어릴 때 전학 얘긴
처음 듣네.
네 표정 보니까
나 갑자기
나쁜 습관 진짜 많은
친구가 떠오른다.
응? 누구?

얘. 모모.
아앙?
모모!! 언제 올라왔어?
이거 똥 아니야.
파묻지 않아도 돼!!

관계의 습관

대리님이나 다다는
배려가 습관이었네.
근데...
나는 받은 만큼
잘 신경 쓰고
있었나?

습관은 어느 개인에게만
해당하는 행동이라고 여겼는데

사람 사이의 관계에도
당연해진 습관들이 있었다.

받고 있던 배려들을
뒤늦게 되새기며 바라던 건

오래된 관계들에서
내가 잘못된 습관으로 남지 않는 것.

받았던 마음을 잊지 않고
나도 돌려줄 수 있길 바라는 기분.

요리 습관

몰랐던 습관을 알게 된 기분.

#거짓말

면접 팁

진짜 신입으로 지원한 회사들은 대부분 서류 탈락이고
출판사 경력 인정해주는 데만 면접 연락 왔더라.

원래 신입 자리가
제일 빡세잖아.
그래서 나는 졸업하고
처음 취업할 때가
진짜 괴로웠어.
경력 없다고
서류에서 떨어지지...
운 좋게 면접까지 가도
자꾸 실수하고.
너무 힘들어서
난생처음으로 교회도
나가봤었다?
정말? 미안해...
나는 졸업작품 쓴다고
너 그때 그렇게
힘들어한 줄도 몰랐네...
미안하긴.
내가 민망해서
얘길 안 한 건데.
아무튼 긴장하지 마!
나 지금 회사 면접 갔을 때
또 탈락일 거 같아서,
에라 모르겠다~
하는 마음으로 농담 던지고
능글맞게 굴었더니
인상 좋다고 합격했어.

경력 인정되는 거면
이참에 연봉도 높이고!
희망 연봉은
되도록 높게 불러.
어차피 회사에서는
최대한 적게 주려고
후려치기할 테니까.
연봉 협상?
나 잘할 수 있으려나…
무조건
뻔뻔하게!
이걸 잊지 마!
알았지?

응!!
명심~!!
면접에선
뻔뻔하게!!

첫 면접

지원자
윤파랑입니다.
좋아.
유민이 말대로
뻔뻔하게..!!

...하고 싶은데
역시 떨린다.
덜~
덜
덜~~
심장 터질 거 같아.
혹시 남자친구
있나요?
네. 있습니다.

이제 곧 결혼할 나이 같아서... 결혼한다고 금방 관두는 거 아니죠?
입사지원
이름: 윤파랑
생년월일: 1988.0
결혼여부 미혼 / 기혼
보훈대상 대상 / 비대상
아...아뇨. 결혼 계획 아직 없어요. 그리고 결혼하면 더 열심히 다녀야죠.
대답은 마음에 드네요.
디자인 프로그램 다양하게 다룰 줄 아는 것도 좋고.
나 잘 넘긴 건가? 다행이다.

면접 끝났습니다. 수고했어요. 합격 여부는 전화로 알려드릴게요.
모모 미디어
네, 감사합니다!
계속 웃고 있었더니 볼이 다 얼얼하네.
미디어
그래도 면접 분위기는 나쁘지 않았던 거 같아.

이틀 뒤
저번에 면접 본 곳 구인 공고 다시 냈잖아?
어쩐지 아직 연락이 없더라니... 탈락이었구나.
모모야, 나 내일 면접 유명한 곳은 아닌데... 반려동물 잡지 만든다고 해서 지원해봤다?
애오~?
그래~ 내일은 더 잘 보고 올게.

잡지사 면접

으아... 그룹면접이었어? 부담되게...

한 명은 증명사진에
포토샵 너무 해서
못 알아볼 뻔했네.
면접 시작하겠습니다.
한 사람씩
질문드릴게요.
파랑씨는 출판사 다녔네요.
근데 희망 연봉이...
보기보다 욕심이 많구나?
아까부터
은근슬쩍 반말...
네. 일 욕심도 많아서
뭐든 잘 해낼
자신 있습니다.
다혜씨는 경영과
나왔는데 에디터 일
할 수 있겠어요?
자기소개서에도 썼지만
관련 경험은 많습니다.
미리씨는 전에
A 사보회사 다녔네요?
네. 인턴 포함해서
총 2년 다녔습니다.
거기 팀장이랑 아는 사이여서
물어보면 평판 바로 나오는데.
미리씨 뒷조사 좀 해볼까~?

억지웃음을 계속 지어 보였지만
속은 전혀 즐겁지 않았던 그날.

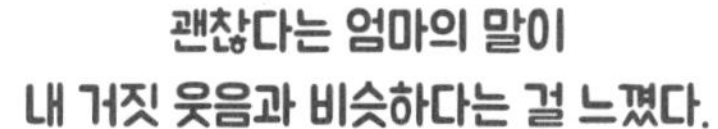
괜찮다는 엄마의 말이
내 거짓 웃음과 비슷하다는 걸 느꼈다.

그리고 거짓을 말하는 그 마음을 잘 알아서
나 또한 거짓말을 했다.

속이고 속아주는 마음들.
오늘은 거짓말 기분.
저 정말
웃고 있어요.

#선택의 주어

주어 바꾸기

애오 아이스크림 13
지나 언니이... 이직 너무 어려워요.
아이고. 얼마 전의 날 보는 거 같네.
어제는 광고회사에서 내준 과제 했어요. 그거 보고 점수 매겨서 최종 합격자 결정한대서.

평가받는 일도
익숙해지긴 할까요?
요즘 면접 스트레스로
머리도 빠지고...
있지...
생각을 한번
바꿔보면 어떨까?
어떻게요?
나 드라마
막내작가로 일할 때
말이야.
휴일 없이 매일 나갔는데도
월급이 80만 원이었거든.
메인 작가 되면
많이 번다지만...
그때까지는 열정 하나로
견디라는 소리지.
암튼 작가일 그만두면서
못 버틴 내가 부끄럽고
싫었는데,
얼마전에야 이런
생각이 들더라.

애초에 못 견딜
상황을 만들어놓고
무조건 버티라고 하는 게
이상한 거 아닌가...
버티는 사람이
대단한 거지
내가 실패한 건
아니지 않나.
그러니까 오래 버틸 수 있는
분야인지, 회사인지,
파랑이 너도 평가를
했으면 좋겠어.

회사가 너를
면접 보는 거기도 하지만
너도 회사를
면접 보는 거라구.
내가 회사를
면접 본다라...

나의 선택

호잇~ 호잇~
아이고 귀여워~
잘하고 있어.
고양이의 의무는
잘 놀고 잘 먹고
잘 자는 거랬어.

모모야, 잠깐만.
통화하고 다시
놀아줄게.
아침부터
누구지?
지잉-
지잉-
여보세요?
파랑씨 안녕하세요.
지난주에 면접 보셨던
반려동물 잡지사입니다.

축하드려요.
면접 합격하셨어요.
연봉 협상할 겸
다시 만났으면 하는데
내일 괜찮나요?
정말요?!
감사합니다!!
음... 근데...
지나 언니 말처럼
내가 회사를
면접 본 거라면...

저... 감사한데...
연봉 협상은 저와
안 하셔도 될 거 같아요.
다음에 좋은 기회로
다시 뵙길 바라겠습니다.

우리의 선택

얼마간의 절차를 걸치면서
고민의 폭은 좁아졌지만
여전히 마지막을 고르는 것은
어려웠다.

직급 올리면
제시하신 연봉
맞춰드릴 수 있어요.
대신 주말 출근도
자주 해주셔야 합니다.
우리 잡지 격주 마감인 거
아시죠?
기업 광고 기획은
출판사에서 하던 것과
분위기가 아주 달라요.
광고주 변덕 맞추기도
쉽지 않고요.
잘하실 수 있죠?

모모야.
너라면 뭘 선택할래?
내가 지금 생각하는
곳이 맞을까?
애오!
내가 전에
어느 책에서 읽었는데..
인간의 뇌에서
감정을 느끼는 부분을 제거하면
아주 쉬운 결정도 하지 못한대.

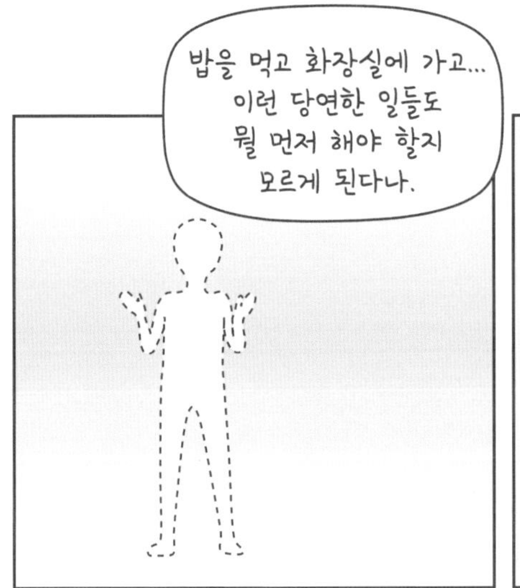

내가 가장 먼저 지키고 싶은 게 있다면,
그건 내 방의 작은 평안을 유지하는 일.

책임의 무게가 힘들 땐
버팀목이 되기에
나는 다시 선택의 주어를
'우리'로 고쳤다.

같이 한번 가보자!
애오!
함께여서 오히려 가벼운 기분.

모모의 선택

광고주보다 무서운,
고양이의 변덕스러운 기분.

#먹다

혼자 먹다가

어?
새 회사 부장님?
짱짱 최부장님
업무 참고하시라고
이메일로 자료 보냈습니다.
A 전자 보도자료와
카드뉴스 등의 스낵컬처를
맡아주시면 돼요.
그럼 다음 주에
뵙겠습니다. :)

보도자료야
출판사에서도
써봤다지만...
게다가 하필
A 전자네.
전자기계
잘 모르는데.
아, 맞다.
라면!
잉라면
힝... 국물 없는 것 봐.
완전 팅팅 불었네.

그날 밤

으으... 머리야. 결국 체했나봐.
내가 바늘을 어디다 뒀더라...

으~~ 이건 진짜 혼자 못하겠어.
스스로 손 따는 사람들 진짜 존경스럽다.

어쩌면 내가 소화시키지 못하는 게 사실 음식이 아니라... 눈에 안 보이는 다른 게 아닐까.
걱정이나 부담감 같은 거.

오늘따라 엄마 보고 싶네.
내일 고향 다녀올까?

식구

언제는 집밥 먹고 싶다고 노래를 부르더니 오늘은 왜 사먹자고 그래? 돈 아깝게.
에이~ 엄마 집안일에서 은퇴하는 게 소원이랬잖아.

엄마 그거 알아? 식구라는 단어는 함께 밥을 먹는 사람을 뜻한다?
그러니까, 엄마랑 같이 먹으면 그게 집밥인 거야.
얼씨구~ 알았어. 그냥 먹을게~
우리 딸이 사주는 거라 그런지 더 맛있네.
근데 넌 왜 이렇게 못 먹어?
아... 실은 체기가 조금 있어서.

너 어릴 때부터
위장 약해서 어쩌니.
약은 먹었어?
기다려줄 테니까
천천히 꼭꼭 씹어 먹어.
천안 시외버스터미널
도착하면 문자할게.
먼저 들어가~
파랑아,
잠깐만.

이거 가져가.
반찬 좀 했어.
사람은 밥심으로 버티는 거야!
혼자 있어도 잘 챙겨 먹어.
엄마는...
언제 이런 걸...
잘 먹는 거...
별거 아닌데
은근히 어렵다.

먹는 일

서울
진짜 마중 나왔네~
밤길 걱정돼서~ 어머님은 잘 만났어?
응~ 얼결에 밑반찬도 받아왔어.

오늘 밤하늘 예쁘다.
그러게...
다다야, 너도 어릴 때 밤하늘 그리라고 하면 검은색으로 칠했어?

아마 그럴걸? 그건 왜?
열 살 때였나... 언젠가 담임 선생님이 그러신 적 있거든.
밤하늘을 직접 보면 오묘한 파란색인데 다들 까만색으로만 그린다고.

직접 보지 않고
그냥 따라 하는 거...
그게 편견이라고.
아까 버스에서
하늘 보는데
그 말이 생각나더라.
검은색이 아니라고
생각해서 그런가?
오늘은 왠지 개운하다~
무슨 좋은 일
있었어?

엄마 보고 나니까...
뭐랄까. 일단 웃으며
잘 먹어야지 싶어서.
진짜 결국엔
다 먹는 일이었나봐.
밥을 먹고,
나이를 먹고,
겁을 먹고...
그리고,
마음먹고!
맞네.
그 단어도 있었다.
새 회사 일도
재밌을 거 같아~

새로운 시작을 앞둔 어떤 다짐의 기분.

밤하늘 아래서

고민거리가 있는 밤이면 하늘을 보러 나간다. 똑같은 하늘인데 어째서인지 밤하늘은 낮보다 더 많은 감상을 불러일으킨다. 과거에서 오는 빛, 별과 이곳의 아득한 거리, 깊이를 알 수 없는 다양한 푸른색들. 그런 밤하늘 아래에 오도카니 서 있으면 시간도 걱정도 더디게 흐른다. 누군가는 우주의 광대함에 허무함을 느낀다는데, 나는 반대로 우주에서 내가 티끌 같은 존재라는 게 안심이 되곤 한다.

오늘의 이 걱정도 멀리서 보면 작고 하찮은 것이겠지.
시간이 지나면, 대부분의 고민거리가 그러했듯 나는 이 걱정을 기억하지 못하겠지.
서툴고 실수 많은 내 인생도 어떻게든 흘러가겠지.

어두워야 더 잘 보이는 게 있다.

별빛이 그랬고, 별빛 아래에 선 내 희망들이 그랬다.

#공간

몇 달 전

그럼 언니 결혼식은 언제쯤에 해요?
아마 내년 가을쯤?
엇. 생각보다 오래 걸리네요?

보통 1년 정도는 잡는 거 같아.
예식장 예약도 그렇구
준비할 게 생각보다 많더라.
어휴. 예상은 했지만
돈 들어갈 데투성이야.
모아둔 돈도 적은데
결혼자금으로 쓸 만한 목돈은
방 보증금으로 묶여 있고...
여름에는
마이너스 통장
알아봐야 하나
싶기도 하네.

역시 결혼은
보기보다 쉬운 게
아니구나.
잠깐만.
보증금..?!
언니 방 계약
몇 달 남았어요?
저 조금 있으면 지금 집
계약 끝나는데!
게다가, 저 적금 들었던 거
얼마 뒤면 만기예요!

집 새로 구해서
언니 결혼 전까지
같이 지낼까요?
제 퇴직금까지
합쳐서 반전세로
보증금 내고,
언니는 집세를 조금 더
부담하는 걸로 하면
서로 돈 아낄 텐데!
그래도 돼?
나야 돈 아끼고 좋지!
참! 언니, 고양이
알러지 없죠?
응응!
없어없어~

이사 날

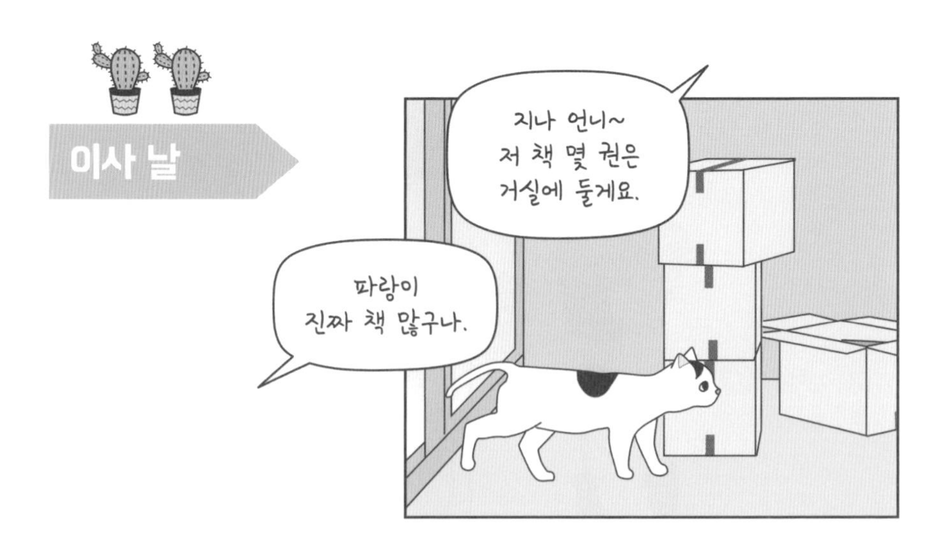
지나 언니~
저 책 몇 권은
거실에 둘게요.
파랑이
진짜 책 많구나.

이사할 때마다
저도 놀라요.
뭐가 매번 이렇게
늘어나 있는 건지.
어차피 진짜
내 집이 아니어서 항상
떠날 걸 준비해야
하는데.
맞아.
그래서 이사할 때마다
좀 허무해.
집 꾸며볼까 싶다가도
1년짜리 계약이니
돈과 시간이 아깝구…

근데 파랑이 너
나랑 책 취향
되게 다르다~
그쵸? 저도 아까
언니 책들 보고 느꼈어요.
그냥 청소하면
지루하니까
음악이라도 틀까요?
그럼 내가 골라도 돼?
요즘 듣는 게 있어서.
넹~

어어?
음악이..?!
언니
이거 가사가...
방금 막 FUCK
들리고 그랬는데~?
아앙?
헤헤.
요즘 회사일 때문에
가슴이 답답해서
힙합 듣기 시작했어~
이제는 랩이
잔잔하면,
아! 이쯤에서
더 세게 나와줘야지!!!
막 속으로 그런다?
그러는 파랑이 넌
무슨 음악 듣는데?
진정한 여자라면
로큰롤이죠!

다른 사람들

언니!
슬슬 배고프지 않아요?
동네 구경도 할 겸 나가서 뭐 먹고 올까요?

넌 책 살때 어떤 기준으로 골라?
저는 앞에 한두 페이지 읽고 마음에 들면 사요.
그래? 나는 작가 이력부터 확인하는데.
언니랑, 나 취향도 기준도 많이 다르네...

새삼스레 그런 생각을 했다.
누군가 자신과 맞지 않는다고 말할 때는,

그러니까, 차이를 인정해주는 일만큼
그 사람을 진짜 존중하는 방법도 없을 거라고.

나와 다른 사람이라는 의미가 아니라 나와
같기를 강요하는 사람이란 의미일지 모른다고.

각자의 공간에서
함께하는 기분.

#첫인사

첫 출근

아아. 오늘이구나.
잘 다녀와!
화이팅!!
넵!! 화이팅!
여러분 인사해요.
기획 1팀에
새로 온 동료예요.
윤파랑입니다.
잘 부탁드립니다.

새 직원 온다는
소리 들었어요?
아뇨.
저도 지금
알았어요.
뭔가 분위기가
싸늘하네...
당분간은 먼저
꼬박꼬박 인사
건네야겠다.

안녕하세요.
네, 안녕하세요.
안녕하세요!
네, 안녕하세요.

안녕하...
헉.
옷이었구나.
정신없다.
이것도 일이네.

첫 회의

처음은 서먹하다.

처음은 설렌다.

* 비딩: 다른 광고사와 경쟁하여 계약을 따내오는 활동

처음은 낯설고

처음은 혼동스럽다.

남들보다 조금 뒤처져 걸으면서 생각했다.
처음만큼 얄궂은 것도 없을 거라고.

인정하고 싶지 않았지만,
정말이지 얄궂게도

처음은 너무 외롭다.

두 번째 출근

오늘도 일찍 가려고?
어제 너무 일찍 가서 계단에서 사람 올 때까지 기다렸다며.
업무 익힐 게 많아서요. 그리고 오늘은 출근 카드 있어서 괜찮아요.
그래도 뭐 좀 먹고 가지~
내일부터는 챙길게요!

회의록 엄청 많네.
어제 회의에서 말한 기획안이 이건가?
파랑씨 안녕~ 오늘도 일찍 올 거 같더라니.
부장님 안녕하세요.

어떠한 처음이든 그것은 딱 한 번뿐이라
결국엔 지나가고

버거웠던 하루에는 내일이라는 다음이
다행스럽게 오기에

주고받다보면 조금씩 가까워질
첫인사의 기분.

첫 수다

고양이로 하나가 되는 기분!

#사과

사건들

아침부터
무슨 일 있나?
김 대리!!!
빨리 언론사들
연락해봐요!
쯧쯧...
난리도 아니구만.

회사에 무슨 일
생겼어요?
아... 그게...
B 기업 사내고발
터졌대요.
사내고발이요?
거기 부장이 남자 직원들을
툭하면 야구방망이로
때렸다나.
피해 직원이
인터넷에 글 올려서
우리 회사가
수습 중이래요.

세상에... 소연씨는
전에 연예기획사
홍보실에 있었다고 했죠?
그쪽은 이렇게
안 좋은 사건 터지면
어떻게 해요?
음...
회사마다
다르겠지만...
NEWS
고양이 모모
충격적으로 귀여워!
제가 일하던 데는
소속 배우가 사고 치면
경쟁 연예인에 대한
스캔들 내보냈어요.

헉!
그래도 돼요?
어쩔 수 없죠.
일단 다른 데로
시선 돌려야 되니까.
잘못하면 인정하고
용서를 구하고...
이런 건 이제
교과서에서나 통하는
얘기인가.

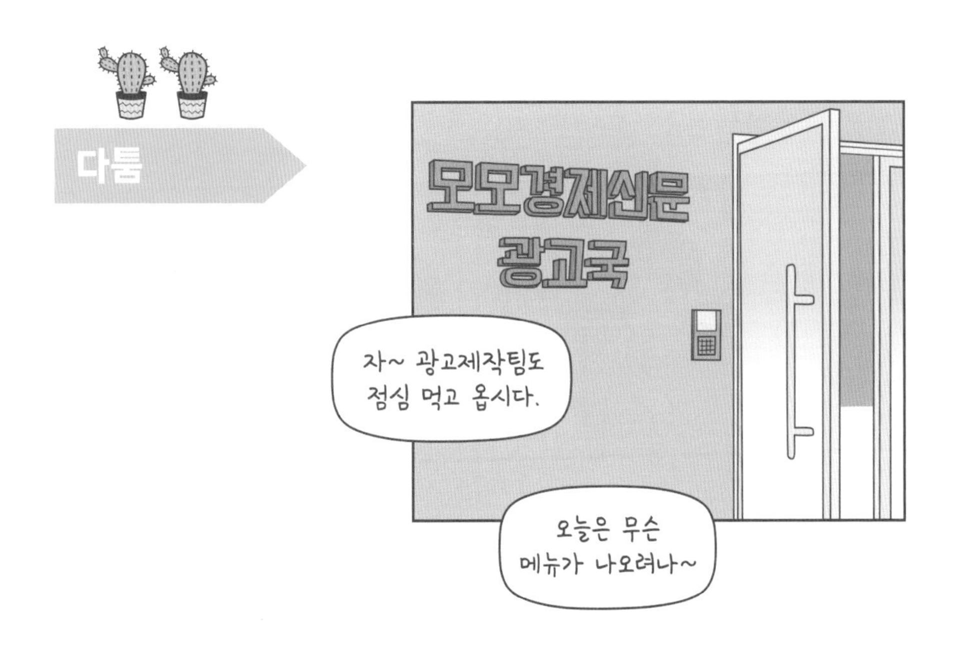
다툼
모모경제신문
광고국
자~ 광고제작팀도
점심 먹고 옵시다.
오늘은 무슨
메뉴가 나오려나~

다다씨 뭐 해요~
얼른 갑시다!
파랑이는
먹었으려나?
네, 잠시만요!

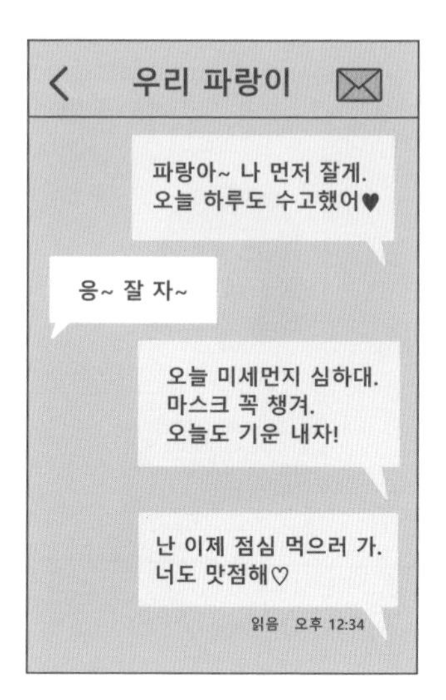
우리 파랑이
파랑아~ 나 먼저 잘게.
오늘 하루도 수고했어♥
응~ 잘 자~
오늘 미세먼지 심하대.
마스크 꼭 챙겨.
오늘도 기운 내자!
난 이제 점심 먹으러 가.
너도 맛점해♡
읽음 오후 12:34

파랑이는
또 답장 없네.
메시지는 바로
확인했던데...
파랑씨~ 클라이언트가
좀 더 가벼운 분위기로
기획안 새로 달래요.
벌써
몇 번째야...
네,
수정하겠습니다.

응, 다다야.
무슨 일 있어? 하루 종일 연락이 없어서.
맞다! 답장! 회사 분위기가 안 좋아서 문자하는 거 깜빡했어.
깜빡했다고?
...

벌써 몇 번째야? 너는 왜 나한테만 무신경하냐?
지나 누나가 보낸 문자였으면 안 그랬을 거잖아.
갑자기 왜 그래?
너까지 꼭 그래야 돼?
나 집도 회사도 다 바뀌어서 요즘 정신없는 거 몰라?

줄다리기

다다도 퇴근했을 텐데
아직 연락이 없네.
대체 언제까지
먼저 연락 안 하려고
이러는 거야.

내가
이기적이었던 거 맞고
내가 사과해야 하는
것도 맞는데...
상대가 먼저 져주는 걸 보며
애정을 확인하는 방법이 옳지 않음을 안다.
왜 괜히
오기가 생기지.
다다가 항상
나한테 굽혀줘서
그런가.

사람이 사람에게 상처를 주기 쉬운 이유는
해야 할 말을 제때 하지 않아서란 것도 안다.

아끼지 말아야 할 말들이 있고 내 잘못을
인정하는 게 나쁜 일이 아니라는 걸 알지만,

그런데도 자꾸 비겁하게,
주고받는 마음의 양을 계산하고야 만다.

상하기 전에
건네줘야 하는데...
유통기한 (   )까지
미안해유
사과 등급
C급
쓸데없는 자존심에
시간을 낭비하는 기분.

미안해서

어쩐지 식은땀 나는 기분.

#오지랖

혜은의 회식

* 싼마이: '별로', '싸구려' 등의 의미로 방송계에서 많이 쓰이는 은어

혜은 후배님~ 방금
나한테 한 말이세요?
못 들으셨습니까?
다시 해드릴까요?
야! 유림이는
가만히 있는데
왜 네가 오지랖이야?
적당히 하세요,
적당히.
선배님 죄송합니다!
언니 왜 그래요...
진정하고 저랑
화장실 좀...
뭐라고..?
오지랖으로 일 크게
키우지 마시라구요...
넌 화도 안 나?
어떻게 그런 말을
듣고도...
저도 화나죠.
그런 말
누가 좋아해요.
근데 지금은
살아남는 게 더 중요해요.

인맥

내가 여태 들어본 성희롱 표현 중에 가장 추잡해.
그쪽에 심한 사람들이 있어.
나도 방송 작가 할 때 몇 번 겪었어.

밤늦게 찾아와서 미안. 근데 속이 너무 답답해서...
내가 진짜 오지랖을 부린 걸까? 유림이까지 그러는데 숨이 턱 막히더라.
아냐. 안 그래. 누구나 그렇게 용기 내진 못해.
게다가 그냥 넘어갔으면 그 선배는 또 다른 후배들한테 그러고 다닐걸?

근데 혜은아...
나는 앞으로가
걱정이네.
이제부터 회사 생활
힘들어질지도 몰라.
알아요, 언니.
내 전공이 이건데...
여기서 인맥이 얼마나
중요한지 잘 알죠.
머리로는 아는데
진짜 그 순간에는
도무지 못 참겠더라고요.

야~ 왜 갑자기
네가 울어?
그런 게 무슨
인맥이야...
난 이해가 안 돼.
아이씨...
네가 그러니까
나까지 눈물 날라
그러잖아.
울컥
네가 맞아.
그런 게 무슨
인맥이겠어.

기준

늦었는데 자고 가지.
그래~ 내 방에서 자고 가.
됐다니까~ 내일 출근해야 할 테니 둘 다 얼른 자!

언니랑 파랑이 앞에서 결국 울어버렸네.
나도 내일 출근...해야겠지?
참! 가기 전에 꿀물이라도 타줄걸.
혜은이 괜찮을까?

사회에서의 성장이란 건 아픔에 길들여지는 일인 것만 같다.
그래서 가끔은 아무나 붙잡고 묻고 싶다.

괜찮은 척은 어디까지가 맞는 건지,
알맞은 참견의 기준이란 무엇인지.

사람 사이의 적절한 거리를
가늠해보고 싶은 기분.

#기대

다다야~
정말 미안한데...
힘들어하는
친구가 있어서
저녁 약속 다음으로
미뤄도 될까?
응, 알았어~

뭐? 전주?
모모 호프
응, 내 고향이잖아.
거기서 다시 시작하려고.
그때 회식 일로
선배들이 많이 괴롭혀?
말도 마~ 아우씨.
시말서 쓰고 사과까지
했는데도 대놓고 따돌린다?
근데 그것도 그렇고...
방 빼서 보증금으로
빚 갚으려고.
빚? 갑자기
무슨 빚?

아빠가 빚을 진 게 있나봐. 돈을 빌려달래.
웃기지? 여덟 살 때 이후로 본 적도 없는 아빠가 돈 필요하니까 연락을 하네.
안 그래도 힘든 때 얘네 아빠는 왜 그러는 거야?!
그걸 왜 네가 도와줘? 그러지 마! 안 그래도 돼!

괜찮아~ 마침 회사에서도 이 꼴이고…
처음이자 마지막으로 효도한단 셈 치려구.
아니라고 부정했는데, 내심 아빠에게 기대가 남아 있었나봐.
이거 해주고 나도 완전히 정 뗄 거야.
아빠 빚 400만 원. 그건 내게 미련 버리는 값이야.

다다의 기대

모모경제신문
광고국
저녁 약속 다음으로
미뤄도 될까?
응… 알았어.

파랑이는 전부터
친구들 잘 챙겼지.
제신문
고국
…내게도 그만큼만
신경 써주면 좋을 텐데.
진짜 모르고 있나.
오늘…
우리 사귀기로 한 지
4년째 되는 날인데.

사귀기 전에
미리 말해두는데,
나 기념일 같은 거
챙기는 거 싫어해.
응. 나도
그런 거 별로야...
학생 때부터
서로 챙기지 말자고는
했지만...
이런 날에 얼굴은
보고 싶었는데.
파랑이는
내게 아쉬울 게
없어 보여.
기대하고 실망하고.
이것도 지친다.
파랑이는
내가 나라서
좋은 게 아니라,
그냥 옆에 있어줄
누군가가
필요했던 걸까.

나의 기대

아빠 원망하기 싫었는데 결국 이렇게 되네.
너는 양호한 거야. 난 아빠 원망 진짜 자주 해.
너도 그래?

음... 엄마를 두고 바람피운 것도 원망스럽고,
생활비 한번 안 보내준 것도 원망스럽고.
그리고 나를 방어적인 사람으로 만들었다는 게 제일 원망스러워. 이건 내 문제인데도.
어떤 관계의 끝에는 타인이 알 수 없는 사연들이 있을 것이다.
난 귀신보다 사람이 무섭더라.
사람을 온전히 믿어도 될까?
배신당할까봐 연애할 때도 늘 한 발 빼게 돼.

그리고 안 좋은 결말이
꼭 내 것이 되리란 보장도 없다.

그럼에도 불안해지고
자꾸 바라게 된다.

내게 주어진 관계의 결말들을
미리 알 수 있으면 좋겠다고.

그래서 내가 너무 많이 기대하지도
너무 덜 기대하지도 않았으면 좋겠다고.

쌓아가는 관계 속에서
정말 믿고
건너가도 될까??
애옹?
기대와 두려움 사이를
오가는 기분.

기대와 실망

한동안 열심히 사던 로또를 그만둔 것은 실망감이 너무 커서였다. 남자친구를 따라 처음 샀을 때는 돼도 그만 아니어도 그만이었는데, 갈수록 로또 1등이 되면 어떤 식으로 돈을 관리할지 하는 구체적인 상상을 하게 됐고, 매주 토요일 밤이면 설렘이 쓰라림으로 고스란히 바뀌었던 것이다.

내가 미쳤지, 돈을 주고 고통을 사다니!

나는 마지막 로또를 집어던지며 그렇게 외쳤다.

가끔은 기대가 실망의 동의어라는 느낌을 받는다. 기대가 없으면 실망도 없을 텐데. 나는 너무 쉽게 기대하고 또 자주 실망했다. 이 기대는 로또만이 아니었다. 타인에 대한 기대도 그랬고 나에 대한 기대도 그랬다. 나는 다른 사람에게 기대했다가 상처

받기도 했고, 더 나은 나를 기대했다가 스스로 책망도 자주 했다.

누군가는 이 기대를 버려야 한다고 했다. 도달하지 못할 기준치에 지금을 끌어올리려 하지 말고, 있는 그대로를 받아들이면 평온을 얻을 것이라고 했다. 하지만 내가 나를 기대하지 않으면 누가 해주겠는가. 나는 그 말에 동의하지 못했다.

내가 두려워하는 것 하나는 상상력이 빈곤해지는 일이다. 상상력은 업무적인 능력이기도 하고, 타인에게 공감할 수 있는 감정이기도 하며, 내가 채워나가고 싶은 내일의 가능성이기도 하다. 그러니까 기대는 나쁜 것이 아니다. 다만, 내가 자꾸 '적당히'에서 헤매는 것일 뿐. 적당히 기대하고, 견딜 수 있을 만큼 실망하고, 다시 적당히 기대하며 앞으로 나아가는 일에서 나는 자주 길을 잃는다.

어디에 얼마나 기대를 걸어야 하는지 헷갈릴 때마다 나는 중얼거린다.
내게도 1,000원짜리 로또 하나로 며칠을 순수하게 즐거워하던 때가 있었는데, 즐길 수 있으면 좋은 건데, 앞으로는 스피또를 사야지, 뭐 그런 말들을.

#눈치

내가 언니한테
다다랑 만난다고
얘기했었나?
엇, 아뇨.
저 혜은이 만나고
오는 길이에요~
다다는?
너희 4주년이라며.
네?!
그거 토요일인데...
근데 언니
어떻게 알았어요?

다다가 얼마 전에
부탁했었어.
여기~
네 번째 손가락!
수요일이 기념일이라고
너 반지 몇 호 끼는지
알아봐달라고.
진짜 토요일 맞아?
다다가 날짜를
잘못 알았나?
아, 맞다.
반지 비밀로 해달랬는데...
못 들은 거로 해줘.

음... 토요일 맞는데...
얘가 신문사에서
며칠 뒤에 발행할 거
맨날 작업하더니
날짜 헷갈렸나.

나 기념일 같은 거
챙기는 거 싫어해.
그래도 연 단위로는
챙기자.
그래~!
자기가 챙기자
해놓고선...
긁적
DIARY
그나저나 반지라...
일단 모른 척
해야겠지?

목요일

기획 1팀~!
슬슬 준비하고
나갑시다!
다다야~ 오늘 저녁
마감 당직이지?
나는 오늘 회식~

얘 삐쳤나?
기념일 아직도
잘못 알고 있는 건가?
우리 다다
응. 그래.
광고주
어우, 영식이~
내가 걔 때문에
위염이 다 생겼어요~~
꾹꾹이 고깃집
맞아. 그 인간
변덕이 너무 심해.

다다는
마감했으려나?
아…
내일 A 전자 신제품
카드뉴스로 발행해야
하는데,
파랑씨 왜 이렇게
안 마셔요?
표정도 어둡고…
어디 아픈 거 아니죠?
저 술이 약해서
지장 갈까봐
조절하고 있어요.

파랑씨!
괜찮아요, 괜찮아~
걱정하지 말고
오늘은 실컷 마십시다!
내일 다들 11시까지
출근하세요~
♥부장님~ 사랑합니다!♥

금요일

두 시간 늦게
나왔을 뿐인데
전철이 한산하네.
짱 좋다. 계속
11시 출근이었으면~

왜...
어째서...
다들 벌써 출근해
있는 거야?!
파랑씨, 설마
지금 온 거예요?
저도 혹시 몰라
10시에 왔는데
다들 와 있더라고요...
부장님 포함해서.
속닥속닥
빨리 가서
인사드리고
일 바쁜 척해요.
...

아... 망했다...
눈치껏 오늘은 두 시간 늦게 퇴근해야 되나.

아, 맞다. 먼저 문자해야지.
다다야.ㅠㅠ 나 지금 무슨 상황이게?

미안한데, 나 바빠. 나중에 얘기해.

답장하는 거 보니 단단히 화났네. 날짜 아니라고 말해야 되나..?
근데 지나 언니가 못 들은 거로 해달랬는데...

가시방석에 앉아 있는 기분.

#비교

수요일

다다씨 여자친구 있다고 했지? 출판사 다닌다고 했나?
<수요일 식단표>
중식
뭇국 두부조림 깍두기
유자샐러드 동그랑땡 조미김
석식
가자미조림 배추김치
조미김
아… 얼마 전에 언론광고회사로 이직했습니다.
오~ 그렇구만. 얼마나 만났어?

오늘로 딱 4년 됐어요.
여자친구는 까먹었지만요.
오래 만났네?! 결혼 얘기는 아직?
너무 잴 거 없어~ 살아보면 사람 다 거기서 거기야.

그건 아니고... 제가 아직 준비를 못 해서요.
준비? 무슨 준비?
경제적인 부분이요.
모아둔 돈 차이 많이 날까?
나만 취업이 안 되어서 1년 반을 놀았으니...
COFFEE
아직까진 연봉도 파랑이가 더 높고.

조급해 마~
네 진가 알아봐주는 회사
금방 나타날 거야!
먹고 싶은 건 없어?
오늘 내가 쏠게~!
또 얻어먹기
미안한데...
내가 일찍
자리 잡았으면...
파랑이에게
지금 더 떳떳했으려나.

목요일

큰아들~ 출근해?
202
네, 엄마.
저기...
혹시 돈 좀 있어?

갑자기 돈은
왜요?
다원이 곧 방학이잖아.
이번에 해외여행 보내주면
어떨까 싶어서~
여행 정도는 걔가
혼자 알아서 하는 게…
네가 맏이잖아~
이럴 때
동생 챙겨야지,
또 언제 챙기겠어?

최고 힙합퍼
다다야. 퇴근했어?
통화 가능해?
지나 누나가
웬일이지.
지나 누나~!
다다야 지금
통화 가능해?
저기… 아무래도
맘에 걸려서.
뭐가요?

파람이가 그러는데
너희 4주년 토요일이래!
근데... 내가 실수로
반지 얘길 해버렸어.

모르고 받았으면
더 좋아했을 텐데
내가 초를 친 거 같아.
진짜 미안.
괜찮아요, 누나.
말해줘서 고마워요.

토요일?
아... 진짜네.
나 뭐 한 거야.
이러니까
내가 괜히 심술부린 거
같잖아.
아침부터
자꾸 꼬이네.

금요일
모모경제신문
광고국
부장님 정말 죄송합니다. 어제 분명 확인했는데…
이미 사고 난 거 어쩔 수 없지. 앞으로는 더 꼼꼼히 검수합시다.

우리 파랑이
다다야.ㅠㅠ 나 지금 무슨 상황이게?
미안한데, 나 바빠. 나중에 얘기해.
후… 어제 일진이 안 좋더라니. 광고 하나 빠진 것도 모르고.
요즘 왜 이렇게 정신이 없냐.

다녀왔습니다.
조용하네.
엄마는 또 다원이
학원 마중 가셨나…

학교 다녀왔습니다!
음~ 그러니까~
늦둥이라 그런가
뭘 해도 예뻐.
다원이는 떼를 써도
사랑스럽다니까.
확실히 첫째랑은 달라.
…
내 아들이지만
다다는 어쩐지
어려울 때가 많거든.

왜 그날
생각이 나지...
띵동~!
주변 사람들에게
나는 항상 2순위인 거
같아선가...

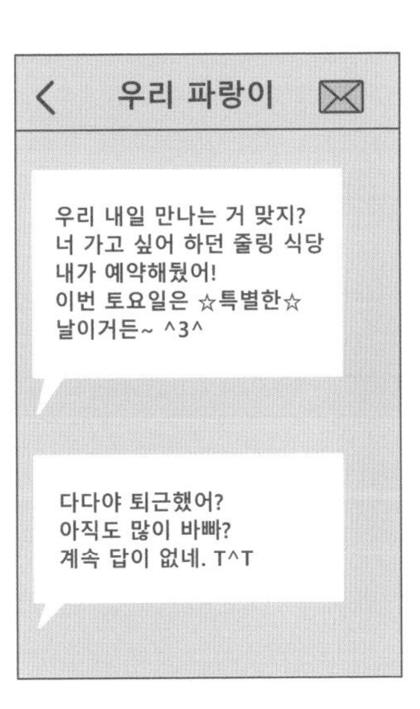
우리 파랑이
우리 내일 만나는 거 맞지?
너 가고 싶어 하던 줄링 식당
내가 예약해뒀어!
이번 토요일은 ☆특별한☆
날이거든~ ^3^
다다야 퇴근했어?
아직도 많이 바빠?
계속 답이 없네. T^T

파랑이한테 나는
1순위가 맞나?
자꾸 나만
초라해지는 거 같은
이유는 뭘까...

#칭찬

지나가 딸처럼 챙겨줘서
얼마나 고마운지 몰라.
아들만 하나라
그동안 외로웠는데.
내 친딸처럼 생각할게.
진언이가 말 안 들으면
언제든 내게 말하렴!
나는 지나 말
잘 들을 건데?
네, 어머님~

얘! 잠깐만!
너 많이 먹는 거 아냐?
얼마 뒤면 공연인 애가...
칫...
나 그렇게
많이 안 먹었어.
채소만 조금 먹었구만...
저러고 나중에 후회하지.
얘가 은근 자기관리를
못한다니까.
지나야, 결혼하면
네가 옆에서
진언이 잘 감시해.

지나도 지금 충분히 예쁘지만 결혼식 때까지 관리 더 해두고~
네 나이 생각하면 애도 빨리 가져야 하니 이참에 운동 시작하면 좋겠다.
자기야. 나 다니는 헬스장 같이 다닐까?
아냐. 괜찮아. 안 그래도 요즘 집에서 요가 하고 있어.

이 자식이..! 배우랑 회사원이랑 같은 줄 아나!
빠직
퇴근할 때면 이미 파김치인데 어떻게 운동까지 다니라는 거야?!

점심

파랑씨~
점심 맛있게
먹었어요?
네, 부장님~
으앗. 얼른 다시
사과드려야겠다.

오늘 저만 늦어서
정말 죄송해요.
괜찮다니까~
내가 11시까지
오라고 한 건데.
그래도 다들
일찍 오셨는데...
면목이 없어요.
나야 클라이언트
연락받아야 하니
일찍 온 거고~
빤-히
참. 광고주가
이번 채널 기획안
마음에 든대요~
고생했어요.

왜 이렇게
내 얼굴을
뚫어져라 보시지.
치약 묻었나...
정말요? 다행이네요.
근데 제 얼굴에
뭐 묻었나요?

아, 내가 너무 쳐다봤나?
파랑씨 보면
내 옛날 생각 나서.
나는 파랑씨가
참 마음에 들어요.
그러니까 파랑씨도
나 너무 어렵지 않게
생각하면 좋겠어요.
오늘은 좋은 말
많이 듣네.
감사합니다.
부장님도 저 편하게
대해주세요~

지나씨, 완전
풀떼기만 싸왔네?!
그것만 먹고
괜찮겠어요?
모몽 출판사
아... 네.
결혼 때문에
다이어트하느라.
맞다~ 결혼.
드레스는 마를수록
태가 나긴 하죠.

지나씨 부럽네~
남편 될 사람이
배우에다가 연하고!
예랑이 주변에
예쁜 여자들 많을 테니
더 신경 쓰이긴 하겠다.
하아. 드레싱도 없이
샐러드 먹으려니
죽겠다.
오물
오물
오늘따라 모모가 부럽네.
고양이는 토실해도 귀엽고,
무엇보다 육식동물이잖아.

야식

다다야 퇴근했어?
아직도 많이 바빠?
계속 답이 없네. T^T
우리 다다
응. 퇴근했어.
내일 시간 맞춰서
너희 집 앞으로 갈게.
할짝

으음... 다다
반지 사느라
지출 컸을 텐데.
일단 밥은 내가 사고...
향수 사둔 거에다
뭐 하나 더 선물할까?
파랑아~ 뭐 해?
괜찮으면 내 노트북으로
같이 드라마 볼래?
그럴까요?
모모야
너도 나와.
애오!

하고 싶은 말을 완성해나가는 과정이 삶이라 생각한다.

또한, 하고 싶은 말을 계속 실패하는 과정이 일상이라 생각한다.

왜 울 거 같은 표정이지?!

파랑아…

어… 어… 저 방금 말실수했어요?

서로가 서로의 속말을 읽어주는 순간들은
그래서 더 특별하게 느껴지고

사람 사이에 줄 수 있는 가장 좋은 선물은
칭찬이라는 생각이 든다.

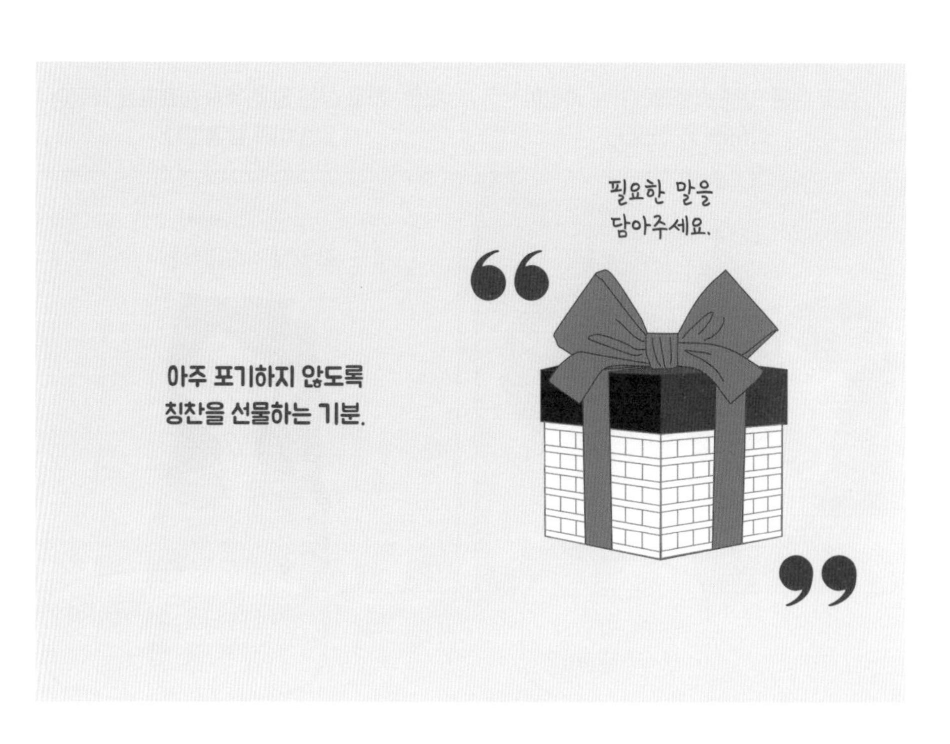

#침묵

싸움의 요령

보리야 안 돼!
그놈은 아니야!
그래!
얼른 헤어져~!!
아우~
오래 사귀면
저런다니까!!

너는 연애전선
이상 없지?
너희도 대학 때부터
만났잖아.
네~
잘 만나고
있어요.
다다가 착해서
저한테 많이 맞춰줘요.
서로 성향이
비슷하기도 하고...

맞아. 둘이 닮았어.
생긴 거 말고 분위기
같은 게.
근데 너무 닮아서
그게 가끔은
걱정도 되고 그렇네.
다다는 싸울 때
어떤 유형이야?
유형이요?
트러블 있을 때
반응하는 게
사람마다 다르잖아.

내 남자친구는 회피형이야.
나는 그때그때
풀었으면 좋겠는데.
지난 일까지
꺼내며 늘어지는
타입도 있고.
무턱대고
헤어지자고 말하는
타입도 있고~

으음...
다다는...
...잘 모르겠어요.
먼저 크게 화낸 적도 없고,
제가 뭐라 해도
금방 저한테 사과해서...
다다는 쌓아두는
타입인 건가?
싸우고 털어내는
것도 중요한데...
너희들 너무 참지 마.
솔직하게 대해야
싸움에도 요령이란 게
붙더라고.

4주년

줄렁 식당
아~ 여기는 코스로 요리 나오는구나.
파스타가 진짜 독특하대. 너랑 꼭 먹어보고 싶었어.
자, 이건 선물.

우. 와. 반.지.라.니.
나 진-짜 놀.랐.어.
너 지금 말투 되게 이상한 거 알지?
안 그래도 돼~ 며칠 전에 지나 누나가 말해줬어.
내가 기념일 잘못 알고 있어서 얘기하다가 실수로 너한테 반지 얘기 꺼냈다고.

날짜 오해해서 요 며칠 계속 쌀쌀맞았던 게 아니었나?
그랬어? 암튼 나 엄청 좋아~ 고마워!!
아~ 예쁘다~ 나 지금 껴봐도 돼?
당연하지. 나는 지금 끼고 있는걸.
맘에 들어? 결혼할 땐 내가 더 비싸고 좋은 걸로 바꿔줄게.
멈칫
결혼..?
왜 갑자기 결혼 얘기를 꺼내지?
아... 그러니까...
난 지금 이 반지도 좋은데...

...
파랑이는 나랑
결혼 생각해본 적이
없구나.
그냥 해본 소리야.
그렇게 정색
안 해도 돼.
수프 식겠다.
얼른 먹어.

갑자기

14만 원입니다.
다다야,
오늘은 내가 낼게.

침묵이어도 불편하지 않은 관계와,
침묵이 어색해 괜한 말을 꺼내게 되는 관계로.

그동안 나는 우리가
침묵마저 편안한 사이라고 믿었는데

어쩐 일인지, 이번의 침묵은
익숙해진 오해의 말인 것만 같았다.

침묵 속에서
조금씩 어긋나는 기분.

#변화

모모의 변화

느아아~
부담스러워~
너 아까부터
나만 빤히 보는데...
혹시 내가 뭐
잘못했니?

아앙!!
애오옹!
애오!
달라는 거야?
너 이거 먹어도 되니?
이건 내 소중한 샐러드고,
네 밥은 파랑이 방에 있어!
애옹!

너 먹으면
안 될 거 같은데..?
애오옹!!!
뭐지?!
언니 저
왔어요~
모모가 아까부터
나 먹는 거
노려보더라구.
뭔지 궁금해서
그러는 거예요.
그럼 어떻게 해?
사람 먹는 거 주면
안 좋잖아.

그럴 때는...
킁킁
킁킁
이렇게 냄새만
맡게 해주면...
바로 흥미
식어버려요.
못마땅~
아아아앙~
애오!!
끙... 그...근데...
고양이는 원래
이렇게 말이 많아?

애오!
오아옹~~!
안 그랬는데
부쩍 말이 늘었어요.
울음소리도 다양해지고.
아무래도 언니랑 저랑
대화하는 걸
따라 하는 거 같아요.

다다의 변화

휘리리~
휘잉~
나 왔어~ 이리 모여봐~

냐아~
냐아아아앙~
흰둥아~ 삼색아~~! 너희는 이제 내 휘파람 소리 알아듣네?

많이 배고프지? 어서 먹어.
기분 꿀꿀했는데 너희 보니 좀 나아지는 거 같다.
삼색이
특징: 친구가 먹는 동안 망봐줌

엇!? 옥춘이다!
하아아악!!
옥춘이
특징: 코밑에 점이 있음
야~!
요 며칠 안 보여서
걱정했잖아.
잘 지냈어?
짜식. 인사 한번
과격하네~

너 내가 아는 고양이랑
무늬가 비슷하다?
하아아아악!!
얌마.
넌 좋겠다?
냐아?
계속 예뻐할 거 아니까
까칠하게 구는 것도 닮았네~
당당하게
화낼 수 있어서.

솔직하게 날 보여줘도
상대방이 놓지 않을 거란
확신이 있다면...
나도 숨김없이
말할 수 있을 텐데.
이건 확신을 주지 않는
사람의 탓일까,
아니면 확신을 못 가지는
사람의 탓일까?

확신

저기... 언니는 언제
결혼해야겠다는
결심이 섰어요?
음... 글쎄...
딱 꼬집어
말하긴 어려운데.
아!
그때 같다.

치과 쌤들은 항상 환자 찌푸린 표정을 보게 돼서 스트레스가 크다는 얘길 들었다고
그래서 자기는 치료받는 내내 웃으려 했다는 거야.
그렇게 배려할 줄 아는 애라면 평생을 함께해도 괜찮지 않을까 싶더라.
아... 예비 형부 정말 좋은 사람이네요.

근데 그건 왜? 오늘 다다랑 무슨 일 있었어?
그냥... 궁금해서요.
영원한 건 없는데...
그런데도 믿고 평생을 함께한다라...

엄마!
아빠 얼마나 많이
사랑했어?
그 당시엔 연애결혼도
흔치 않았다며.
너 갑자기 전화해서
무슨 소리야~
아~ 얼른~~~
대답해봐.
사랑하긴 했지.
아니다.
나도 모르겠다.
그걸 사랑이라고
할 수 있을지.

돌이켜보니
동정심 같기도 해.
불쌍하다는 마음...
그땐 어려서 그게
사랑인 줄 알았지.
엄마 마음이
변한 거야,
원래부터 정말
아니었던 거야?!
끙...

다가올 변화를 알 수 없어
주춤하게 되는 기분.

#열심히 (1)

우연히

시간 애매할 테니
인터뷰 끝나면 회사로
복귀하지 말고
바로 퇴근하세요.
아싸리~~!
감사합니다!
임직원들 재능기부는
어떤 계기로 시작하게
되었나요?
사실 그전에는
매년 바자회를
했었는데요...

인터뷰 예상보다
더 일찍 끝났네.
집에 가서 밀린
청소나 할까.
파랑 언니!!
어? 연희야~
우와. 대학 졸업하고
처음 보는 거 같네!
잘 지냈어?

그러게.
진짜 오랜만이다.
넌 잘 지냈어?
나 아직도
석사 과정 중~
휴학했던 거
이번에 풀었어.
안 그래도 동기들
뭐 하고 사는지
궁금했는데...
언니 시간 돼?
우리 어디 들어가서
얘기나 할까?

여전히

애오 커피
진짜?
그럼 둘이
지내는 거야?
응. 지나 언니
결혼할 때까지만.
와, 지나 언니가
결혼을 하는구나.
독신주의라더니..!

예비 형부 만나서
생각이 바뀌었대.
남자 쪽도
우리 학교 출신~
연기 전공.
아! 나랑 언니는
회사 옮겼어.
넌 어떻게 지내?
소설 꾸준히 쓰는데
실어주는 데가
별로 없어.
우리나라에서
SF 장르는 왜 이렇게
인기 없는 건지.

언니는? 계속
글 쓰고 있어?
써야 하는데...
회사 다니니까
쉽지가 않네.
정말? 의외다.
그동안 한 거
아깝지 않아?
언니도 계속
대학원 고민하다가
취업 선택한 거잖아.

아니다.
내가 그런 말 할
처지가 아니지.
난 네가 항상 부러운데~
과학고 다녔던 영재에다가
검정고시 쳐서
대학도 일찍 왔고…
나 종종 생각하거든.
언니들처럼 바로 취업
했으면 어땠을까 하고.
SF 쪽으로 데뷔도
확실히 했잖아.

못 가본 길이 아쉬운 건
다 똑같을 거야.
그건 그래.
남의 떡이 더
커 보이지.

꾸준히

다다 오빠한테도 안부 전해줘.
아, 그리고 계속 써! 나 언니 소설 좋아했어~
언니 거는 야해서 좋더라!!

연희가 뭘 좀 아네~♥
다음에는 애들하고 다 같이 만나자~
나 과제하느라 어제도 밤샜했어. 넌 괜찮아?
에엥? 난 고딩 때보다 루즈해서 놀랐는데.

더 열심히 할 수 있었는데 그러지 못한
자신에 대한 실망과 아쉬움.

뒤를 돌아봤을 때 드는 마음은
대부분 그런 것들이고

극복 대상을 자기 자신으로 삼는 일은
언제나처럼 쉽고 또 어려워서

그냥 이대로, 내가 나에게서
도망치고 싶어지고야 만다.

#열심히 (2)

노력

지나씨 탕비실에 있었구나. 재교 본 원고 방금 지나씨 자리에 올려두고 왔는데.
모몽출판사
감사합니다. 가서 확인할게요.

편집일 해보니까
어때요?
꽤 피곤하죠?
방송 작가보다
적성에 맞나봐요.
일 배우는 거 재미있어요.
잘 적응한 거 같아
다행이네요~
근데... 전부터
물어보고 싶었는데
방송일은 왜 관뒀어요?

노력은 배신
안 하는 줄 알았는데...
제대로 배신당했어요.
안 되더라고요, 저는.
막내작가로
계속 일하다가는
죽겠다 싶기도 했고요.
풉. 지나씨 농담은~

파랑파랑이
언니 오늘 저녁 같이 외식할래요?
그럴까? 간만에 맛있는 거 먹자! 오늘은 나도 다이어트 포기!
어디 보자... 헉. 나 이렇게 많이 놓쳤었나?
내가 교정 볼 때는 이런 오자 없었는데?!
어딘가에 분명히 오자 만들어내는 요정이 있는 게 분명해.
안녕? 난 오탈자 요정이라고 해! 너에게 똥을 줄게~☆
갑자기 비가 쏟아지기 시작했어요. 순이는 주변을 둘러보았지만 아무도 우산을
갑자기 비가 쏟아지기 시작했어요. 순이는 주변을 둘러보았지만 아무도 우산을
빌어먹을 요정 같으니..!
후... 노력만으로 안 되는 건 여기도 있네.

꿈

연희?
과학고 나온 걔?
네. 아까 우연히 만났어요.
아직 석사 과정 중이래요.
소설도 꾸준히 쓰고 있대요.

연희는 진짜
대단한 거 같아요.
주변에서 반대해도
자기가 하고 싶은 걸
선택한 것도 그렇고,
늘 최선을
다하는 것도 그렇고.
저기...
언니는 왜 글쓰기를
전공으로 삼았어요?
내가 뭔가를
만들어낸다는 게
좋아서~

그리고 잘한다고
칭찬받는 게
글쓰기 하나였어.
대학 가니까
나보다 잘 쓰는 애들뿐이라
충격받긴 했지만.
그러는 넌?
전 소설이 허구의
이야기라는 게 좋아서요.
제 얘기를 해도
거짓말로 여길 테니까...
소설 속에선 마음껏
솔직해질 수 있더라고요.

그게 좋아서
졸업해서도 계속
쓸 줄 알았는데...
연희 만나고 느낀 건데
꿈도 소모품인가봐요.
손에 꼭 쥐고 있으려 해도
자꾸 줄어들고... 멀어지고.

열심히 할 수 있었는데
더 노력하지 않은 제가
새삼 부끄럽더라고요.
언니는 꿈 포기한 거
후회 안 해요?
나 아직
포기 안 했어.
방송 작가 되는 걸
그만둔 거지
내 이야기 만드는 걸
포기한 게 아니야.

소모품
작가가 꿈인 거랑
글쓰기가 꿈인 건
많이 달라요?
다르지~
꿈이 뭐 별건가.

남들이 보기엔 쓸모없는 거,
그런데도 나를 즐겁게 해주는 거,
...뭐 그게 꿈인 거지.
꿈이 꼭 직업일
필요도 없는 거고.
아까 꿈이 소모품
같다고 했잖아.
근데 노력이야말로
금방 바닥나는
소모품 아닐까?
그러니까 나는
조금만 열심히 하고 싶어.
그래야 즐겁게 잡고 있을 수
있을 거 같아.

음...
그렇네요.
열심히가
매번 끝까지라는 뜻은
아닐 테고...
응, 그게 꼭 지금 당장의
결과일 필요는 없잖아.
마라톤이라고 생각해봐.
우리는 지금도 각자
잘 달리고 있는 거야.

가끔씩 우리가 열심히 해야 하는 건,
몰아붙이는 일이 아니라

부족한 자기 자신에게
너그러워지는 일인지도 몰랐다.

도망치지만
말자.
지나온 모든 것과
지나갈 모든 것을
나만의 호흡으로
열심히 이어가는 기분.

#어떤 사람 (1)

어떤 남자친구

파랑씨
좋은 아침~
소연씨 안녕하세요. 무슨 기쁜 일 있으세요? 기분 좋아 보여요.
어머! 티 났어요? 저 오늘 소개팅해요!

아~ 이번엔 제발
좋은 사람이어야
할 텐데.
전 남친은 완전 똥차…
아니 차도 안 돼.
거의 리어카였거든요.
파랑씨는 남자친구
있다고 했죠?
어떻게 만났어요?
전 대학에서 만났어요.
학과 동기예요.
오오~
그럼 꽤 만났겠다.
오래 사귄 거 보니
잘 맞나보다~
결혼은 언제쯤
하려고요?
뭐…
결혼은 차근차근
논의해봐야죠.
끙…
결혼…
궁금하다~
파랑씨 남자친구는
어떤 사람이에요?

흐음...
다 좋은데 자꾸
제 발을 아프게
하는 사람?
요렇게 몸이 저한테
기울어지나봐요.
자주 제 발을 밟아요.
파랑씨랑
더 가까이 있고
싶은가보다~
지금 은근히
자랑하시는 거죠?!
더 가까이
있고 싶다라...
그렇게 생각할 수도
있구나.

어떤 여자친구

다다 오늘
회사 안 가니?
네. 대체휴가
받았어요.
쉬니까 좋겠네~
카레 맛은 괜찮아?
귤 넣어봤는데.

아... 그래서
이런 맛이었구나.
나름 맛...있어요...
근데 귤은 왜
넣으셨어요?
카레랑
색깔이 맞잖아~
여자친구랑은
잘 만나고 있어?
너 요즘 끼는 반지
여자친구랑 맞춘 거지?
엄마한테는 언제
소개할 거야?

결혼 얘기 가볍게
꺼냈을 때도 정색했으니
우리 엄마 뵙자고 하면
싫어할 텐데.
아... 그게...
여자애 이름이
파랑이랬지?
이번 토요일에
집에 데려와.
그날이 다원이
생일이잖아.
같이 밥 먹자.

토요일에요?
너무 갑작스러워요.
걔도 선약 있을지도 모르고...
그리고 다원이 생일인데
왜 제 여자친구를...
어른이 말하는데
토 다는 거 아냐.
나중에 가족이
될지도 모르는데.
뭐 어때서 그래.

우리 착한 큰아들~
데려오는 거다?
알았지?
...착하다는 말,
진짜 싫다.

어떤 나
응~ 나 퇴근했어~
토요일에 약속 있어?
내 동생 생일인데
엄마가 같이
식사하고 싶으시대.
너 만나려고
시간 비워두긴
했는데...

미안. 뜬금없지..?
곤란하면 내가 엄마한테
대충 둘러댈게.
아냐. 괜찮아.
어머님이 부르셨는데
일단 가야지...
근데 걱정이다~
나 보시고 실망하는 거
아냐?
걱정하지 마.
내가 너 좋은 애라고
많이 얘기해뒀어.

그게 더 부담인데~?
나 그렇게 좋은 사람
아닌데...
보편적인
좋은 사람에
가까운 건 너잖아.
진짜?
나 너한테
좋은 사람이야?
그럼~ 좋은 남자친구지.
다정하고, 예의 바르고.
여자친구가 밥값
계산하겠다고 하면
엄~~청 싫어하고!

으아...
그날에는...
푸핫~ 장난이야~
암튼 너 좋은 사람 맞아.
착하고 좋은 사람.
너한테 나는
어떤 사람인데?
비밀이야.
뭐야~~
피하는 거야?
치사해~
나중에 말해줄게.
모모 기다리겠다.
얼른 들어가~

나한테 너는...
나를 다 보여주기
두려운 사람이고,
나는 착한 게 아니라
내가 원하는 걸
잘 감추는 사람일
뿐인데.
너에게도 나는
그저 착한
사람이구나.
착하다는 말이
양보하라는 말처럼
느껴지는 거
넌 모르겠지?

#어떤 사람 (2)

어떤 식사

밥 먹고 나서
어떻게 해?
인터넷으로 찾아보니
예의상 설거지하겠다고
말해야 된다랑,
눈치 보여도
가만히 있으라는
의견으로 나뉘던데...

그래도 손님인데
설거지는 무슨.
다만 한 가지는
신경 써야 돼.
어떤 거??
반찬 몇 개는
맛이 실험적일 거야.
잘 골라 먹어야 돼.

다원아
생일 축하해.
생일 축하해요~!
축하해.
빨리 군대나
가라.
파랑아,
밥 부족하면 말해.
더 줄게.
아가씨들 몸매
관리한다고
적게 먹으면
난 걱정되더라.

점수 따려면
야무지게
먹어야겠구만.
감사합니다.
잘 먹을게요~!
정말 맛있어요!
어머님... 솜씨가
대단하신데요?!
다다가 말한 게
이런 맛이구나...

어떤 미묘함

파랑아
밥 다 먹었니?
네~
이제 설거지
타임인가..?
어쩌지?

그럼 거실로 옮기자.
다다 어릴 때
사진 보여줄게.
다다야, 네가
대충 식탁 정리하고
케이크 내와~
사진 찍을 때마다
방긋방긋 웃고 있네요.
귀여워라~
그치?
다다는 어릴 때부터
순하고 착했어.

근데 다다 사진보다
동생 사진이 훨씬 많네.
엄마 케이크
드세요~
뭐 보고 있었어?
나도 같이 보자.

형. 나도
케이크...
엇!
아...
손 미끄러졌어.
다다야, 포크 하나
새로 가져올래?

넌 이걸로
먼저 먹어.
응~
집안 어른도 아니고...
보통은 포크 떨어뜨린 사람이
직접 가져오지 않나?
특이하네.
다다만 어머님께
존댓말 쓰는 것도
그렇고.

어떤 마음들

관계를 유지하거나 관계를 끝내기 위해
우리는 어떤 나를 꾸며내곤 한다.

한 살 한 살 나이를 먹어가면서
가짜 표정을 지어내는 요령은 늘어나지만

그렇다고 숨겨둔 외로움까지
익숙해지는 건 아닐 것이다.

그래서인지 씁쓸함을 감추는 표정을
마주할 때마다 생각하게 된다.

타인에게 나를
숨기고 싶은 마음은

사실은, 숨겨둔 진심을
읽어주길 바라는 마음인지도 모른다고.

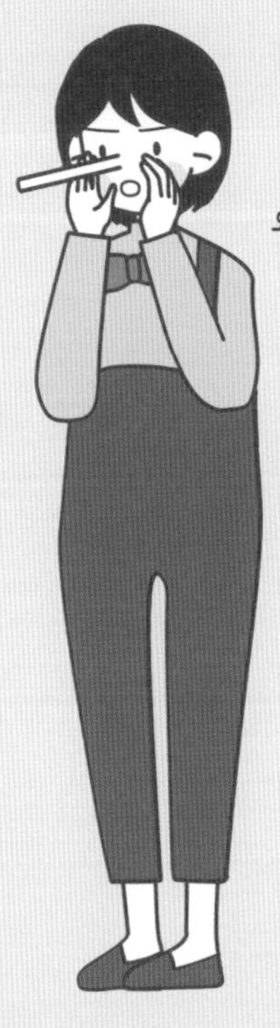

마음을 숨기느라
조금씩 코가 길어지는 기분.

그것도 나고 저것도 나인데

한 가지 모습으로 정의되는 사람은 없다. 밝은 사람도 상황에 따라 비관적일 수 있고, 상냥한 사람도 어느 사람에게는 지독하게 무뚝뚝할 수 있다. 우리는 필요에 의해 어떤 모습을 가짜로 만들어내기도 하고 버리기도 한다.

"넌 네 생각보다 더 단단한 사람이야."
친구가 나에게 이 말을 해줬을 때, 나는 의심했다. 내가? 이렇게 눈물이 많은 내가? 그 말을 의아해하며 넘겼는데, 이후부터 괜스레 자신감이 생겼다. 난 내가 깨닫지 못하고 있었을 뿐이지 꽤나 단단한 사람이라 앞으로도 씩씩하게 힘든 일을 거뜬히 이겨낼 수 있을 것만 같았고, 실제로 그 당시의 힘든 일을 잘 견뎌냈다.

돌이켜보면 내가 정말 강한 사람이라 그랬던 건 아니었다. 친구의 짧은 말이 또 다른 내 가면을 만드는 계기가 되었던 것이었다. 친구가 어떤 생각으로 내게 그런 말을 해줬는지는 모르지만 나는 오래도록 그 말을 고마워했다.

가끔씩 생각한다. 우리는 서로를 어떤 사람이라는 틀 안에 가두고 있는지를.
그리고 가면에서 자유로울 수 없는 게 사람이라면, 나 또한 가면 너머의 마음을 볼 수 있는 사람이기를 바란다. 나는 네가 바라는 네가 좋다고, 나는 네가 어느 식으로든 부서지지 않고 오래 너를 지키길 바란다고 말이다.

#홀로서기

결혼관

무제한 감자전
행복한 모모 식당
야! 왜 그랬어? 남친 가족들은 최대한 늦게 만나야 돼!
이얼~ 이제 파랑이도 결혼하는 거?
아직 확신은 없어. 너희는 결혼 생각 있어?

응.
상황이 되면
나도 해야지.
아니.
난 혼자 살 거야.
덕질만 해도
바쁜 인생인데
결혼은 무슨...
그리고 암만 생각해봐도
여자한테 결혼은 손해야.
나는 독신으로
재밌게 살다가
실버타운 들어갈란다~

너 안 하면
나는 축의금
굳어서 좋지.
걱정 마라~
마흔 살 생일에
돌려받을 테니까.
결혼식 대신에
불혹파티 할 거야.
니네 나한테
받아간 거 있으면
그때 다 토해내~
세상에 공짜는
없는 거 알지?
돌반지 받아간 것들은
40돌 반지로
갚기로 했어~

맞다! 파랑이 너도 독신주의 아니었어? 난 같이 불혼파티 할 줄 알았는데.
독신주의라기보단 해도 그만 안 해도 그만인 정도?
다다라면 괜찮을까 싶다가도... 나도 나중에 우리 부모님처럼 될 거 같아서.
결혼도 전에 이혼 걱정부터 하는 게 이상한 건 나도 아는데...

뭘 어렵게 생각해? 갔다 와!
그래~ 갔다가 아니다 싶으면 돌아와.
내가 이혼파티 해줄게.
...
천눈 같은 자식들...

가족의 굴레

참! 너희들 집에서 형제랑 차별받는 느낌 받은 적 있어?

난 그닥 없는 거 같다.
좀 답답한 건, 아들만 있다고 막내인 나한테는 딸 노릇까지 기대한다는 거?
넌 좋겠다. 난 둘째에다 딸이라고 할머니한테 대놓고 미움받았는데.
성진이 너도 우리 집 분위기 기억하지?
어릴 때지만 기억나. 내가 봐도 티 났어.

나 우리 할머니 서랍장에서
과자더미 발견한 적도 있잖냐.
Cookies
Sun
나한텐 주기 싫어서
거기다 숨겨놓고
몰래 오빠한테만 줬더라.
치사한 일 하도 많아서
다 기억도 안 나.
내가 딸로
태어나고 싶어서
태어난 것도 아닌데.

근데 갑자기
그건 왜?
내 짐작이긴 한데,
지인 하나가 집에서
좀... 그런 거 같아서.
이런 건 어떻게
달래줘야 할지 모르겠어.
그거 남이 위로해줘도
별로 도움 안 돼.
깨물었을 때
덜 아픈 손가락도 있구나,
내가 그런 손가락이구나...
그냥 그렇게 자기가
받아들여야 돼.

진짜 독립

파랑아, 어디야?
술자리 방금 파하고 유민이랑 전철역 가는 중이야.

성진이는 택시 타고 다른 친구들 만나러 갔고.
모모경제신문 광고국
잘됐다. 나 방금 당직 끝났어. 너희 태우러 갈게.
우리 근처에 잠깐 앉아 있자. 남자친구가 태워다주겠대.
오오~ 맘에 들어~ 니 남친도 내 불혹파티에 초대해야겠다.

사랑받는 데는 자격이 필요 없다는 말을
누군가는 이제 믿지 않는다.

어떤 것은 간절할수록 비참하다는 걸
누군가는 이제 안다.

그런 누군가들을 보면
흔쾌히 응원하고 싶어진다.

휘청임을 잘 견뎌내기를,
상처에 휘둘리지 않기를.

혼자 서 있는 법도
단련이 되는 건가봐.

마음의 균형을 잡아가는
홀로서기의 기분.

* 책임편집: 책의 편집에 관한 일을 도맡아 함

* 판권: 발행처, 발행날짜 등의 정보를 인쇄한 페이지

앗. 아뇨아뇨.
제가 다
감격스러워서요.
언니 고생 많았어요.
고마워~~
다다 것도 챙겼으니까
나중에 전해줘.
다른 출판사들은
요즘 디자이너나 다른
동료들 이름도 넣어주던데.
1인용 기분
책 사고 터지면
언니부터 찾을 거면서.

아무리 책의
주인공이 작가래도...
마지막 장에
이름 하나 넣어주는 게
그렇게 어려운가.

기업 광고의 주변부

내일을 향하는
언론광고
에오 컴퍼니
아우. 열 받아. 얘네 또 우리 포맷 베껴다 썼어.
전엔 은근슬쩍 그러더니 지금은 대놓고 가져가네. 이건 참고 수준이 아니잖아.

B 광고사 말하는 거죠? 또 우리 거 따라 했어요?
이번엔 파랑씨 콘텐츠예요. 링크 보내줄 테니 확인해봐요.
으... 심하긴 하다.
타이틀 카피에 쓴 한자까지 똑같잖아.

어휴. 얘넨 아이디어
회의도 안 하나?
파랑씨가
계속 공들인 건데
속상해서 어떻게 해...
이렇게 된 거
어쩔 수 없죠, 뭐.
그래도 대신
화내주는 사람이
있어서 다행이네.

그래.
저작권이 나한테
있는 것도 아니고...
원래 아무도
몰라주던 거니까.

신문의 주변부

모모경제신문
광고국
다다씨, 아까 그 광고들 결국 취소. 그 자리에 기사 새로 들어갈 거래요.
알겠습니다.

환장하겠네. 내일 나갈 신문 판 다 짜놨는데.
몇 시간 동안 고생한 게 한 번에 날아갔어.
아, 이럴 때가 아니지. 마감 시간 얼마 안 남았는데.
잘한 건 티가 안 나도 못한 건 티가 확 나니까.

내게 누군가는 스쳐가는 풍경이고
나 또한 누군가의 풍경일 테지만

내 몫의 자리가 유달리
좁게 느껴질 때가 있다.

그리고,
자꾸 말이 줄어드는 이유는

#주변부 (2)

결혼의 주변부

잠깐만...
앞에 지나 언니
같은데...
지금 둘이
싸우는 거야?
이제 와서 그러는 게 어딨어?
결혼 주례는 원래
우리 목사님이 하기로 했잖아.
그때 동의한 게 아니잖아.
나중에 얘기하자고 했지.
나 힘들 때
목사님 도움 얼마나
많이 의지했는데.
이건 네가
나한테 양보해.
나한테도
우리 교회 목사님이
특별하니까 그렇지.
둘 다 기독교인이지만
다른 교회 다님

이거... 타이밍이 영 아닌데?
그러게... 우리가 날을 잘못 골랐나봐.

연극의 주변부

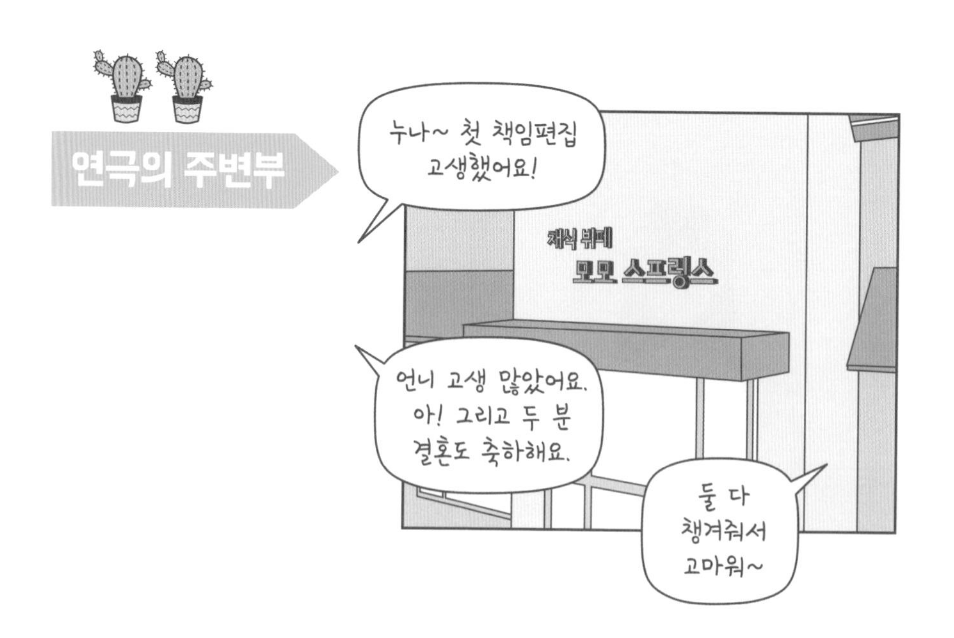
누나~ 첫 책임편집 고생했어요!
채식 뷔페
모모 스프링스
언니 고생 많았어요. 아! 그리고 두 분 결혼도 축하해요.
둘 다 챙겨줘서 고마워~

자기야, 진짜진짜 축하해.
됐어.
분위기 이거 어떻게 해?
일단 대화 주제를 바꿔봐. 결혼 얘기 말고.

지나 언니한테 그동안 진언씨 칭찬 많이 들었어요.
요즘 공연 중이신 거죠? 나중에 저희도 연극 보러 가도 돼요?
저야 좋죠~! 근데 기대하시는 것만큼 제 비중이 높진 않을 거예요.
참. 진언이 며칠 전에 영화 오디션 떨어졌지…

연극에서 안 중요한
배역이 어딨어.
그리고 그 무대에서
네가 제일 존재감 있어.
발성도 가장 좋고.
역시 나한텐
지나뿐!!
당연한 소릴...
헙. 잠깐만, 자기야.

지금 각도
좋다아~
그대로 있어봐.
찍어줄게.
그치그치~
그렇게 하고 있어.
찰칵
찰칵
찰칵

찰칵

...엄청
찍어대네.
찰칵
찰칵
언니 취미가
남편 덕질이었나봐.
찰칵

삶의 주변부

파랑아, 오늘 고마워.
다다도 고맙고.
고맙긴요. 저희도
오늘 진짜 재밌었어요.

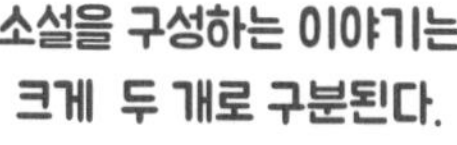

소설을 구성하는 이야기는
크게 두 개로 구분된다.

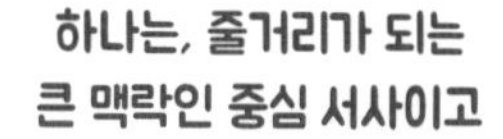

하나는, 줄거리가 되는
큰 맥락인 중심 서사이고

다른 하나는, 빠져도 이야기의 진행에는
상관없는 자잘한 주변 서사다.

주변 서사는 읽을 때는
쓸모없는 부분처럼 느껴지기도 하지만

나중에 모였을 때
다른 의미의 결을 만들어내곤 한다.

그러니 아직은 믿고 기다려보는 것이다.

특별할 것 없는 지금의 나도 언젠가 모아두고
뒤돌아봤을 때는 다른 의미로 읽힐지 모른다고.

지금이 쓸모없어도
괜찮아.
주변부에서 가운데로,
내 안의 의미들을 채워가는 기분.

#친구

사교성

그래서 제가
어느 정도 통통한 여자요?
하고 물어보니까,
배우 박뽀영 정도?
이러는 거 있죠.
네..?! 박뽀영이
통통이라고요?
은국씨!!
그건 날씬이죠~!!
그래서 저도
적당히 마른 남자가
좋다고 했어요.
적당하게 슬림한...
김종꾹 같은 남자!
푸핫.
은국씨가 당했네.
아, 농담이었다니까요.
알죠알죠~
은국씨 눈 높은 거~

전부터 느낀 거지만,
말 재치 있게
잘 받아치네.
같은 얘기를 해도
소연씨가 하면
더 재밌고.
부럽다.
말주변 좋은 사람.
다들 무슨 얘길
그렇게 재밌게 해요?
이제
회의 시작합시다.

동료와 친구 사이

회의 마칠게요.
스크립트는 파랑씨가 짜고,
섭외랑 컨택은 소연씨가
맡는 걸로 합시다.
넵!

전부터 생각한 건데
파랑씨 볼살 귀여워~
제가요?
별로 안 그런데…
어어… 음…
아! 소연씨
향수 바꿨어요?
향기 좋네요!
파랑씨는 칭찬받으면
꼭 부정하더라~
이렇게 말 돌리거나.
근데 향 진짜 괜찮아요?
남자들도 좋아하려나?

엇. 향수랑…
다이어트..?!
혹시… 얼마 전에
한다던 소개팅
잘 풀린 거예요?
들켰네~♥
예전 직장 동료가
연결해줬는데
잘 맞는 거 같아요.
어머. 잘됐다~
축하해요~~!

생각해보니 나는
예전 회사 동료들이랑은
연락 끊긴 지 꽤 됐다.
회사 다닐 때는
다들 친하다고
생각했는데...

모몽 출판사
김 과장님이 놀아달라고
계속 말 거시니까
지금도 회사에
있는 것 같지 않아요?
휴가가 너무 오랜만이라
어색하신가~
과장님이
적적하시대요?
지나씨 단톡방
확인 안 했어요?
메시지 엄청 와 있는데!
???
무슨 단톡방이요?

채팅방에 초대하는 거
다들 깜빡했나봐.
어쩐지 허전하더라.
평소엔 단톡 잘 안 써서
지나씨 없는 거 몰랐어요.
지금 초대할게요.
네, 감사해요.
나 혹시
따돌림받던 건
아니겠지?

오랜 친구

고의는 아니었다지만
언니 섭섭했겠다.
킁킁
킁킁
응, 조금.
고등학생 때도
비슷한 일 겪어서
엄청 울었는데...

넌 회사 사람들하고
사이 괜찮아?
광고주라는
공공의 적이 있어서 그런가
팀 분위기는 좋아요.
근데... 제가 좀 더
사교적이었으면 싶을
때가 있긴 해요.
대화 유쾌하게
잘 이끄는 사람들
보면 부럽고...

왜 그래~
네가 어때서.
가끔은 자기 자신을
오래 알고 지낸 친구라고
여겨야 돼.
그럼 내가 나한테
어떤 말을 하면 안 되는지
보이더라.
덜 외로워지기도 하구.
난 사춘기 때
그렇게 버텨냈어.
지금도 그렇고.
나한테 넌 참
좋은 친구거든?
나한테 하듯이
너도 너한테 대해봐.

남이 나에게 좋은 사람인지 아닌지는
자주 판단하려 하면서

내가 나에게 얼마나 나쁜 사람인지는
오래도록 의심하지 않았다.

뒤늦게야 배웠다. 가깝다는 이유로
쉽게 상처를 주는 사람도 나였고

또 그만큼 나를 잘 위로할 수 있는 사람도
다름 아닌 나라는 걸.

있는 그대로,
내가 나를 받아들이는 기분.

나에 대한 예의

친구라면 지적하지 않았을 단점들.

친구라면 너그럽게 넘어갔을 실수들.

친구라면 절대 하지 않았을 무례한 행동들.

자신이 자신에게 얼마나 나쁜 친구인지 생각해보라는 말을 듣는 순간, 난 거울 앞에서 당장 무릎이라도 꿇고 사과하고 싶은 심정이었다. 나 참 나한테 지독한 친구였구나 싶었다. 하지만, 이제 좀 화해라는 걸 하고 싶어도 그게 또 생각처럼 쉽지는 않았다. 나는 나를 가장 잘 아는 친구여서 나에게 가장 매몰찰 수 있던 것이기도 했다.

언젠가 관계를 두고 그런 생각을 한 적이 있다. 나도 모르게 가까워진 사람이 있듯 나도 모르게 멀어진 사람도 있는지 모른다고. 가까워지는 데엔 오랜 시간이 걸렸어도 멀어지는 순간은 찰나일 수 있다고.
이것은 나와의 관계에도 해당되었다. 겨우 가까워졌다 싶으면 또 금세 멀어져 있었다. 그나마 다행스러운 점이라면, 나는 나와 멀어질 순 있어도 떨어질 순 없다는 것이었다.

여전히 나는 나와의 화해를 모색하는 중이다. 다른 친구였다면 이쯤에서는 너그러웠겠지, 이쯤에서 칭찬해줬겠지, 하는 그런 마음으로. 내가 나를 아끼는 것이 일종의 삶에 대한 예의라는 마음으로.

초대

우리 이쁜
모모~!!
나랑 놀자~
쁘끼끼!
너 귀 뒤로
젖히는 거 다 봤어.
안 들리는 척하지 마.
모모야,
까까 줄까?
끼양!!

와~~ 표정부터
바로 바뀌네.
너 진짜
치사하다, 치사해.
어어. 진짜라니까.
말은 알아들어.
이름, 뽀뽀, 까까.
세 개는 확실해.
근데 자기가
원할 때가 아니면
못 알아듣는 척해.

모모 많이 똑똑해졌네?
내가 마지막으로 봤을 때는 거울에 비친 자기랑 싸우고 있었는데.
아~ 모모 보고 싶다...
너 지나 누나랑 살기 시작한 후로 한 번도 못 봤는데.

아! 일요일 오후에 언니 교회 가니까, 모모 보러 올래? 마침 할 얘기도 있었는데.
언니한테는 내가 허락받아둘게.

한 입만

모모야~~
나 왔어~~!
하아아악!
...

설마 내 얼굴
까먹은 거야?
미안... 내 고양이지만
솔직히 머리가 좋은 편은
아닌 거 같아.
혹시 모르니 발 냄새
맡게 해줘.
나도 나갔다 오면
발부터 냄새 맡더라고.
이거... 어째 좀
굴욕적이다...
애옹?

모모, 이제 나
알아보는 거야?
뒹
비
굴
그렇네. 너 봐서
기분 엄청 좋은가봐.
팡
팡
팡
기분 좋으면
뒷발로 팡팡 치는 시늉함
확인 끝났어?
내가 간식 만들어왔는데
먹어봐.
닭가슴살 삶은 거, 구운 거,
삶아서 구운 거 있는데
뭐부터 줄까?
뭐가 그렇게 많아?

모모가 뭘 좋아할지
모르겠어서.
일단 삶은 것부터
줘볼까?
모모야, 까까다~
까까~
짜
증
...애오!
이거 냄새 별로야?
그럼 구운 거 줄까?

이건 다른 거야. 제발 딱 한 번만 먹어봐.
다다야, 그만 포기해.
왜 단 한 개도 안 먹는 거야?
몇 시간 동안 정성껏 만든 건데…

까꿍 놀이

모모는 내가 이불 속에 숨으면 사라진 줄 알고 당황해.
고양이는 머리가 작아서 그래. 그 모든 걸 이해하기엔 머리가 너무 작아.

근데 모모 놀리다가 갑자기
포르트다 놀이가 떠오르더라.
심리학 수업 때
배운 거 기억나?
프로이트 어쩌구.
까꿍 놀이
말하는 거지?
어어, 그거.
아이가 실뭉치 던졌다가
다시 잡아당기면서
사라졌다가 나타났다고
재밌어한댔나.
교수님은
엄마가 옆에 없을 때의
공포를 아이가 연습한다고
했던 거 같아.
나도 모모처럼
머리가 나쁜 건지,
부재니 현존이니
프로이트니 라깡이니
이런 건 모르겠는데…
그건 알겠더라.
모모가 사라지면
나 너무 슬플 거라는 거.

새삼스레 깨달았다.

내가 마음을 쏟는 만큼
나에게 기쁨을 주는 이들이 있다는 것을.

그리고 조금씩 알아간다.

내게 있어 소중한 존재들이란,
거창한 능력을 가진 이들이 아니라

가까이 있는 작은 기쁨을
놓치지 않게 해주는 이들이란 걸.

가까이에선 깊이를 잴 수 없는,
소중한 것들을 바라보는 기분.

#도전

김 과장님

제가 기술지원팀
김 과장에게 말할 테니
둘이 가도록 해요.
김 과장이 사진 잘 찍어서
전에도 도와준 적 있어요.
사전 질문지
내용대로 인터뷰
진행하겠습니다.

과장님~
오늘 도와주셔서
정말 감사해요.
덕분에 살았어요.
고맙긴요.
저도 바깥바람
쐬고 좋죠, 뭐.
우리 회사에서
과장님이 가장 오래
다니셨다면서요?
저도 과장님처럼
오래 잘 다녀야
할 텐데...

저도 어쩌다 보니
그렇게 된 거예요.
이놈의 카메라 때문에.
카메라요?
회사랑 집만
오가는 게 따분해서,
뒤늦게 취미로
사진 시작했거든요.
근데 카메라가
조금만 욕심내도
돈이 왕창 깨져서...

할부로 카메라 사고
그거 다 갚을 때까지만
다녀야지 하다가,
또 할부로 사고...
그러고 나니
10년이 지나 있더라고요.
사진 덕분에 과장까지
달게 된 셈이네요.

실패해도 괜찮아

한 회사에서 10년이라니. 진짜 대단하다.
그치? 그래서 나도 과장님처럼 하려고!

너도 카드 할부로 뭐 사게?
아니~~! 그거 말고!
나도 취미 붙일 거 찾아보려고.
아아~ 그럼 나랑 같이 독서 모임 같은 거 들어갈까?
책은 평소에도 자주 보잖아.
음… 있지. 나 어릴 때는 엄마가 월급날마다 책을 딱 한 권 사줬거든?

근데 한 권이니까,
후회할까봐 읽어본 책만 샀어.
다시 읽지도 않을 거면서.
실패에 대한 두려움 때문에
새로운 재미를 놓친 거지.
그러니까 이번엔
색다른 걸 해볼까 싶은데...
뭐 생각해둔 거
있나보네!
뜬금없긴 한데,
일러스트!

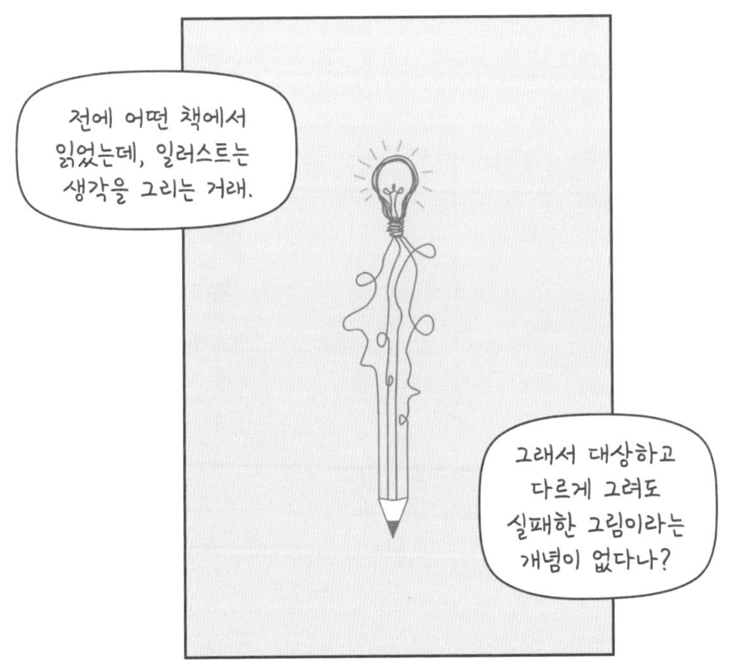
전에 어떤 책에서
읽었는데, 일러스트는
생각을 그리는 거래.
그래서 대상하고
다르게 그려도
실패한 그림이라는
개념이 없다나?

집에서 글 쓸 때
낙서처럼 그려보려고.
못 그려도
실패는 아니라니까
뭘 그려도 재밌을 거 같아.

매일 새로운

모모, 좀 가만히 있어봐.
모델이 그렇게 자꾸
움직이면 어떻게 해?
할짝
할짝
쳇.
지금은 글렀네.
그림 기초 책이나
봐두자.

음… 그렇구나.
그리는 대상을 볼 때는
선입견을 지우고 보고.
잘못 그린 선은
지우지 말고 그 옆에
새로 그리는 게 좋고.
할짝
할짝
모모야, 이거 신기하다.
그림에만 해당하는
얘기가 아닌 거 같아.

아름답다 생각하던 풍경이 그대로여도
그래서 교수님도
소소한 걸 계속
도전해보라고
하셨나?
지루함에 빠지면
풍경은 더 이상 반짝이지 않는다.
자신을 넓히고 싶으면,
일상에 작은 도전을
넣어보세요.
새로 나온 과자를
먹어보는 것도 좋고,
지금과 다른 필체로
글씨를 써보는 것도 좋아요.

변한 것은 풍경이 아니라
밋밋해진 내 시선임을 알아채자
다른 것들이 보이기 시작했다.

내가 그리고 싶던 나와
내가 그렸던 나는 다르지만

나에 대한 아쉬움이
나를 바로잡는 기준일 수도 있다는 것.

삐뚤빼뚤할지라도 선을 계속 그어넣는 것만으로

나는 다시금 완성될 수 있다는 것.

단조롭게 반복되는 나날에
작은 탈출구가 되어주는 어떤 도전의 기분.

다다의 도전

참! 생각해보니
나 제대하고 이색 취미
가졌던 거 있다.
뭐?
새우젓
구분하기!
카페에서
다다 만났던 날
뭐?!

너 그거 알아?
새우젓은 몇 월에
담그느냐에 따라
맛이 달라진다?
나름 대단하긴 한데...
흐음... 정말 얘랑
결혼해도 되려나...
새우젓은 역시
6월에 잡은
육젓이 최고지!
그때가 산란기라
통통하고
알집도 있고...!
자칭 새우젓 소믈리에의 기분.

#이름 (1)

청첩장

대리님 잘 지내세요?
갑자기 생각나서 문자해요~^3^
♥대리님♥
파랑씨 오랜만~
마침 연락하려고 했는데!
나 청첩장 나왔어요.
언제 시간 돼요?

토요일
애오 파스타
모모는 이제 5.6kg이에요.
보면 깜짝 놀라실걸요?
진짜 길고 커요.
모모도 뚱냥이
다 됐네~

대리님하고 팀장님은
결혼 준비하느라 정신없으셨겠다.
팀장님은 어떻게 지내세요?
어후~ 파랑씨
다닐 때랑 똑같아요.
요즘도 일에
푹 빠져서는...

파랑씨도 가까이서
봤으니 알죠?
결혼식 전날 밤에도
원고 들여다볼 사람인 거.
아... 팀장님...
여전하시구나...

팀장님이 워낙에
책임감이 강하셔서...
나도 그 점이 좋긴 해요.
책임감 있고, 든든하고~♥
근데 그거
진~짜 좋은 점 같아요.
남편감으로서는 더더욱.
믿을 수 있는 남편,
믿을 수 있는 아빠가
되어줄 거 같아~

이렇게 하트 뿅뿅인데
두 분 사내연애 중인 거
눈치 못 챘었다니.
반성의 시간
팀장님 앞에서
소개팅해드리겠다고
했을 때 얼마나
당황하셨을꼬...

아이

음... 저기...
나 결혼식 끝나면
회사 관두기로 했어요.
네?!
갑자기 회사는 왜...

흠흠... 그게...
계획보다 일찍
아이가 와줘서...
정말요? 축하해요~!!
근데... 어차피
회사 사람들도
알게 될 텐데
왜 출산휴가
안 쓰시고...

출산휴가나 육아휴직이
너무 짧기도 하고,
시댁에서도 아기
좀 자랄 때까지
직접 보는 게
어떻냐 하셔서...
아이 이유로 경력 단절되면
복직하기 힘들 텐데.
내가 다
아깝네...

파랑씨는
결혼 생각 아직?
저도 이제 천천히
준비할까 해요.

대리님
행복해 보이시네.
아이 덕분인가?
참!
아기 태명이
뭐예요?
튼튼이로 지었어요.
다른 거 안 바라고
튼튼하게만
태어나줬으면 해서.

엄마라는 이름

튼튼이 잘 가~
대리님 조심히 들어가세요.
결혼식 날 뵐게요!
파랑씨도
잘 들어가요~

엄마가 된다는 건
어떤 기분이려나.
나도 아이들
좋아하지만... 부모가 되는 건
다른 문제 같은데.
우리 엄마도
자기 이름보다는
'파랑이 엄마'로 더 많이
불렸겠지.

엄마나 아빠라는
역할이 내게 남은
유일한 이름이라면...
나라도 좀
억울할 거 같긴 해.
다다는
분명 좋은 아빠가
될 거야.
하지만 나는...
어떨지 잘 모르겠다.

가진 이름을 내어주고 새로운 이름을 얻는 일.

그것이 주는 기쁨이 있겠지만,

그것이 내게도 기쁨이 되리란 확신이 아직은 들지 않는다.

#이름 (2)

이기적

근데 저한테는 너무 무겁게 느껴져요.
아이가 아프거나 잘못되면 대부분 엄마 책임부터 묻잖아요.
현실적인 부분도 걱정되고요. 워킹맘이 말이 쉽지…
부모님 노후만으로도 벅차고…
그래도 나이 먹어서 후회되지 않을까?

아이를 낳고 기르는 건 많이 힘들지만 그만큼 많은 기쁨을 얻게 된다고 하잖아.
아이 없이 살면 소소한 힘듦과 소소한 기쁨을 누리게 되고,
하지만 전 지금이 좋은데…
연애랑 결혼이 다른 건 알지만, 결혼해서도 자유롭게 둘이 사는 건…

양쪽 부모님한테는 네 생각이 이기적인 것처럼 보일 수도 있어.
게다가 다다 장남이라며. 주변에서도 한마디씩 할걸.
그리고 다른 쪽은 아이 갖길 원하면...
내 남편이 그런다면 난 속상할 거 같아. 다다랑 잘 얘기해봐.

이거는 한쪽이 고집 피우면 안 되는 거 알지?
이만큼 만났으면 너도 다다한테 책임감 가져야 해.

행복

으잉? 아이?
몇이나 갖고 싶냐고?
무슨 말이야?
쁘끼끼 커피
말 그대로야.
네 자녀계획은
어떤지 궁금해서.

뜬금없이
그건 왜?
아직 대낮인데~
쑥스럽게~
아... 입이
안 떨어진다.
미리 조율해야
될 거 같아서.
우선 내 의견을
말하면... 난 아이
안 갖고 싶어.

그래?
그렇구나...
역시...
안 되려나...
그럼 낳지 말자!
방긋

어어..?!
이렇게 흔쾌히?!
나 농담 아니고
진지하게
얘기하는 건데...
나도 농담 아냐.
나도 아이 생각
별로 없는데?
그리고 왠지
넌 그럴 거라고
예상했었어.
진짜 괜찮아?
나중에
아쉽지 않겠어?

아이 낳은 거
후회하는 부모님은
결국 없다던데...
아이를 키우는 건
힘들지만 또
그만큼 행복하다고...
당황해서 아이가 있을 때의
장점을 늘어놓음
근데 그건
너와 나의 행복이지,
아이의 행복은
아닐 수도 있잖아.
너 딩크족
원하는 거 맞아?

대물림
혹시 나한테
맞춰주는 거면
굳이 그럴 필요 없어.
진짜라니까!
아, 이 말은
안 하려고 했는데...

우리 엄마 말이야.
막내로 태어나서
차별 많이 받았대.
게다가 딸이라고
공부도 덜 시켰다고
아직도 한탄해.

그래서 그런지
엄마는 동생한테 자기를
투영하더라.
본인이 막내라서
못 받은 거, 동생한테는
다 해주고 싶어 하고...
어릴 땐 내가 혹시
다원이 부려먹을까봐
감시했고.
근데 나도 아빠가 되면
엄마처럼 안 그러리란
자신이 없어.
나쁜 점은 또
기막히게 대물림되잖아.
자식한테 자꾸
내 모습을 찾을 거야.

너는
안 그럴 거 같은데...
자식에게 내가
원하는 모습을
강요할지도 모르고.
넌 왜 아이
안 갖고 싶은데?
엄마라는 이름이
너무 어려워.
그냥 지금의 나로
계속 불리고 싶어...
딸, 엄마, 며느리
이런 거 말고
그냥 나로.

그러니까 그렇게 살자.
너, 나, 우리로.
딱 거기까지.
그래!
아! 이참에
애칭 지어줄까?
귀요미? 백설기?
너 그만 말하는 게
좋을 거 같아.

난 이 자리에
있을래.
많은 이름의 갈림길에서
내가 원하는 나를 잡는 기분.

아이 낳기 싫은데요

웹툰을 연재하면서 내가 의도한 것과 다르게 읽히는 일들이 있었다. 내가 비난받을 것을 각오하고 올린 에피소드에서 다른 인물이 욕을 먹기도 했고, 딱히 문제될 게 없는 일이라 생각했는데 지적을 받기도 했다. 어떤 것들은 내 생각이 짧았구나 싶어 반성했지만 '이게 왜?' 라고 이해되지 않는 반응들도 있었다. 후자의 경우에 속한 게, 남자친구와 비출산을 결심하게 된 이야기인 「이름」 에피소드였다.

누군가는 나더러 이기적인 페미니스트라고 했다.
누군가는 나더러 평생 후회할 거라고 했다.
난 그저 '엄마'라는 이름이 필요하지 않다고 했을 뿐인데.

언젠가 남자친구와 세대 차이에 대해 얘기를 나누었다. 부모를 부양하는 게 당연하다고 생각하는 세대와 그건 의무가 아니라고 생각하는 세대. 전 세대와 우리 세대의 가장 큰 차이가 이 부분이라는 글을 남자친구가 어디서 본 모양이었다.

남자친구와 나는 이 지점의 가운데에 있었다. 우리는 우리 부모님의 노후를 책임지리라 다짐하지만, 내 자식에게는 이것을 강요할 수 없다고, 그래서는 안 된다고 여긴다. 아이를 낳는 일은 오로지 태어날 아이의 행복을 위해서여야 한다고 생각한다. 이 생각의 연장선에 비출산에 대한 결심이 있었다. 우리가 그나마 제대로 책임질 수 있다고 결론 내린 것은 우리와 우리의 부모님의 삶까지였다(사실 이것도 버겁다). 그리고 자식이 부모를 책임져야 하는 의무가 없듯, 우리에게 아이는 필수가 아니라 선택지의 하나였다.

내가 이기적인 걸까? 나는 정말 두고두고 후회를 할까?

아직은 모르겠다. 다만 한 가지는 확신한다. 남들 다 낳으니까, 이상적인 가정의 형태라는 것에 부응하기 위해, 우리의 욕심 때문에, 내가 아이를 낳는 일은 없을 것이다.

1인용 기분 2

윤파랑 글·그림

초판 1쇄 발행일 2018년 10월 5일
초판 3쇄 발행일 2023년 10월 27일

발행인 | 한상준
편집 | 김민정·강탁준·손지원·최정휴
디자인 | 김경희
마케팅 | 이상민·주영상
관리 | 양은진

발행처 | 비아북(ViaBook Publisher)
출판등록 | 제313-2007-218호(2007년 11월 2일)
주소 | 서울시 마포구 월드컵북로 6길 97(연남동 567-40)
전화 | 02-334-6123 전자우편 | crm@viabook.kr
홈페이지 | viabook.kr

ISBN 979-11-89426-15-6 04810

• 이 도서의 국립중앙도서관 출판시도서목록(CIP)은 e-CIP홈페이지(http://www.nl.go.kr/ecip)와 국가자료공동목록시스템(http://www.nl.go.kr/kolisnet)에서 이용하실 수 있습니다. (CIP 제어번호 : CIP2018029600)
• 잘못된 책은 구입처에서 바꿔드립니다.
• 본문에 사용된 종이는 한국건설생활환경시험연구원에서 인증받은, 인체에 해가 되지 않는 무형광 종이입니다.